光文社古典新訳文庫

海に住む少女

シュペルヴィエル

永田千奈訳

kobunsha classics

光文社

Title : L'ENFANT DE LA HAUTE MER

Author : Jules Supervielle

『海に住む少女』　目次

海に住む少女

L'enfant de la haute mer

この海に浮かぶ道路は、いったいどうやって造ったのでしょう。どんな建築家の助けを得て、どんな水夫が、水深六千メートルもある沖合い、大西洋のまっただなかに、道路を建設したというのでしょう。道に沿って並ぶ赤レンガの家、いえ、もうすでに色あせてフランス風のグレーになっていたけれど、あの家や、スレートやかわらで出来た屋根や、地味でかわりばえのしないお店はいったい、どうやって？　あの小窓がたくさんついた鐘楼《しょうろう》はどうやって？　たぶんガラス片のついた塀に囲まれた庭だったのだろうけれど、今や海水でいっぱいになっていて、時たま塀の上を魚が跳ねたりするこの場所は、誰がどうやって？

波に揺さぶられることもなく、建物がみんなちゃんと建っているのはどうして？

そこにまったくのひとりぼっちで暮らす、十二歳くらいの少女。海水のなかの道を、ふつうの地面みたいに、すたすたと木靴で歩いてゆくこの少女は、いったい？　謎のまま眺めているうちに、わかるにつれて、おいおいお話しするつもりですが、であるべきことは、そのままにしておくしかありません。

船が近づくと、まだ水平線にその姿が見えないうちから、少女はとても眠たくなって、町はまるごと波の下に消えてしまいます。だから船乗りたちは、望遠鏡の先にすらこの町を見たことがなく、町があるなんて考えたことさえないのです。

少女はこの世に、自分以外にも女の子がいるなんて知りませんでした。いえ、そもそも自分が少女であることすら、知っていたのでしょうか。

とんでもない美少女、というわけではありませんでした。前歯にちょっと隙間がありましたし、鼻もちょっと上向きでしたから。でも、肌は真っ白で、そのうえに少しだけ、てんてんがありました。まあ、そばかすといってもいいでしょう。ぱっちりというわけではありませんが、輝く灰色の瞳が印象的なこの少女、灰色の瞳に動かされているようなこの少女の存在に気づいたとき、あなたは時間の底から大きな驚きが湧き上がり、身体をつらぬき、魂にまで届くのを感じることでしょう。

この町でたった一人のこの少女は、時おり、まるで誰かが手を振ったり、会釈してくれたり、何か挨拶してくれるのを待っているかのように、道の左右を眺めます。でも、それはそんなふうに見えるだけのこと。少女にそんなつもりはないのです。だって、この誰もいない町、今にも消えてしまいそうなこの町では、何も、そして誰も、やってくるはずなどないのですから。

少女は、どうやって生活しているのでしょう。魚を釣っている？　そんなことはないでしょう。食べ物は、台所の棚や食料庫にありました。二、三日にいっぺんは、お肉もありました。じゃがいもや、そのほかの野菜、卵もときどき、そこに入っていました。

食料は棚のなかに、自然と湧いてくるのです。そして、少女がびんを開けてジャムを食べても、ある日そうだったのとまったく同じように、すべてのものは永遠にそのままであるかのように、ジャムは開封前の状態に戻ってしまうのです。

朝には焼きたてパンが半リーヴル（約二五〇グラム）、包装紙に包まれて、パン屋の大理石のカウンターに置かれています。カウンターの向こうには、いつ見ても誰もいません。パンを少女に差し出す手や、指先が見えるわけでもありません。

少女は朝早くに起きて、お店のシャッターを上げてまわります（シャッターには、居酒屋の看板もあり、鍛冶屋やパン屋、小間物屋などと書いてあるのです）。すべての家のよろい戸を開け、海風が強いので、きっちり留め金をかけてゆきます。お天気しだいで、窓を開けることもあります。いくつかの家の台所でかまどに火を起こし、三、四軒の屋根から煙が立ち昇るようにします。

日暮れの一時間前になると、あたりまえのように、よろい戸を閉めてまわります。そして、シャッターを下ろすのです。

少女はこの役割を、本能のままに、何もかもきちんとしておかなければならないという日々の思いに動かされて、黙々とこなしています。あたたかな季節には、窓に敷物を干したり、洗濯物を出したりもします。まるで、何とかこの町に生活感を出そうと、少しでも誰かがいるみたいに見せようとしているかのようです。

祝日に掲揚する町役場の旗のことも、一年じゅうずっと、気にかけていなければなりません。

夜になるとロウソクをともしたり、ランプの明かりで縫い物をしたりします。町には電気のある家が何軒かあり、少女は愛らしく気取らぬ様子で、電気のスイッチに手をやるのでした。

あるとき、少女はある家の扉のノッカーに喪章を結びました。何だかいいなと思ったのです。

少女は、二日間そのままにしておいてから、喪章を隠しました。また別のあるとき。少女は、なんと、太鼓をたたき始めました。皆にニュースを知らせてまわるかのようです。少女は海の向こうまで聞こえるように、むしょうに何か大声で叫びたくなったのです。でも、のどが詰まり、声は出てきませんでした。あんまり声をだそうとがんばったので、ついには、顔や首が血の気を失い、溺死体のような色になってしまったほどです。結局、太鼓をいつもの場所、町役場の大広間の奥、左側の隅っこに戻さねばなりませんでした。

少女は螺旋《らせん》階段を使って、鐘楼に登りました。誰の姿も見たことがないのに、階段は多くの人の足で踏まれて磨り減っていました。鐘楼の階段は五百段あるはずだと、少女は思っていました（実際には九十二段でしたが）。鐘楼からは、レンガ造りの建物のあいだから見るよりも、ずっと広い空を眺めることができます。それに、朝と晩、正確に時刻を告げてもらうには、ねじを巻き、大きな柱時計を満足させなければなりません。

納骨堂、祭壇、暗黙の秩序を迫る石造りの聖人像。きちんと並び、老若男女の訪れを待っている、今にもおしゃべりが聞こえてきそうな椅子の列。金色の飾りは古び、これからもこのまま朽ちてゆきそうな祭壇。そのどれもこれもが、何だか気になって、でも怖くもありました。だから、少女は一度も礼拝堂に入ったことがありませんでした。時おり、暇なときに布張りの扉を細く開け、息をころしたまま中にちらりと目をやるだけで充分でした。

少女の部屋にある衣装箱には、家族手帳や、ダカール、リオデジャネイロ、香港からの絵葉書が入っていました。絵葉書には、シャルル、もしくは、C・リエヴァンという署名があり、スティーンヴォルドという住所が書いてありました。でも、海のただなかに住むこの少女は、これらの遠い国のことも、シャルルやスティーンヴォルドが何なのかも知りません。

棚には写真アルバムもありました。そのなかの一枚には、海に住むこの少女と、よく似た少女が写っていました。少女はこの写真を見ると、しばしば何だか居たたまれない気分になりました。何だか写真のなかの少女のほうが正しいような、本物のような気がするのです。

写真のなかの少女は輪回しの輪をもっていました。少女は、同じような輪を町じゅう探しまわりました。ある日、ようやく見つかりました！　ワイン樽のたがに使われている鉄の輪です。でも海のなかの道を、輪を追いかけて走ってみても、輪はすぐに沖に流されていってしまうのです。

別の写真では、少女の両側に、水兵の服を着た男のひとと、よそゆきの服を着た、か細い女のひとが立っていました。海に住む少女は、男のひとも女のひとも見たことがなかったので、このひとたちはいったいなぜこうしているのだろうと、ずっと不思議に思っていました。真夜中にふと、まるで雷に打たれたようにはっとする瞬間でさえ、それが気になっているのでした。

少女は、毎朝、ノートや文法書、算数、歴史、地理の教科書がつまった大きなランドセルを背負って、町の学校に行きます。

フランス学士院の会員であるガストン・ボニエ、サイエンス・アカデミーの受賞者であるジョルジュ・レイヤンの共著、一般的な植物から薬草、毒草まで、八百九十八の図説が入った植物図鑑もあります。

少女は植物図鑑の序文を読み上げます。

「あたたかい季節のあいだ、野原や森は植物にあふれ、じつに簡単にたくさんの種類の植物を集めることができます」

歴史、地理、いろんな国のこと、偉人たちのこと、山や河、国境のこと。大西洋でいちばん孤独な少女に、誰もいない道ばかりが続く小さな町しか見たことがない少女に、どうやってそれを説明すればいいのでしょう。

そもそもその大西洋でさえ、地図に載っている大西洋が、今まさに自分のいる場所だなんて、少女はわかっていないのです。いえ、ほんの一瞬だけ、そんなことを想像した日もありました。でも、そんなの馬鹿げているし、危険すぎると思ってあわてて打ち消したのです。

とりあえず、目に見えない先生が書き取り問題を出しているみたいに、少女はしばらくじっと動かずに耳をすまし、それからいくつかの言葉を書き取り、また耳をすまし、また書き始めます。それから文法書を開き、しばらくのあいだ息をつめて、六〇ページの例題一六八に見入っていました。

少女は、この問題が好きなのです。まるで問題集が言葉をもち、少女に直接話しかけてくれているような気がするからです。

「あなたは……ですか」「あなたは……思いますか」「あなたは……話します

か」「あなたは……ほしいですか」「……声をかけるべきですか」「いったい……あったのですか」「……責めているのですか」「あなたは……できますか」「あなたは……しでかしたのですか」「……問題ですか」「このプレゼントを……もらいましたか」「あなたは……つらいのですか」（必要な助詞を補いながら……の部分に適切な疑問代名詞を入れなさい）

時おり、少女はどうしても、何か文章を書かずにいられない気分になります。そして、一生懸命に文字をつづります。

いろんなことを書くのですが、そのなかの一部を見てみましょう。

「これをふたりでわけましょう。どうですか」

「聞いてください。おかけください。動かないでください。おねがいです」

「もしわたしに高山の雪がひとかけらでもあれば、一日があっという間に終わるのに」

「泡よ、泡よ。わたしのまわりの泡よ。もっと硬いものになれないの？」

「輪になるには、最低、三人がひつようだ」

「埃《ほこり》の舞う道路を、顔のない二つの影が逃げ去ってゆきました」

「夜、昼、昼、夜、雲、それから飛び魚たち」

「何か物音が聞こえたように思いましたが、海の音でした」

町のこと、自分のことを手紙に書くこともありました。誰かに宛てて書くわけではありません。手紙の末尾に「あなたにキスを」とは書きませんし、封筒には宛名もありません。

手紙を書き終えると、海に投げます。——別に捨てるわけじゃありません。ただ、こうするべきだからです——もしかすると難破船の船員が、すがる思いで最後のメッセージをびんに詰め、波に託すようなものかもしれません。

海に漂う町では、時間がとまっています。少女はいつまでも十二歳のままです。いくら自室の鏡のまえで胸を反り返らせてみても、大きくなりはしないのです。

ある日、アルバムの少女とそっくりの三つ編みや広いおでこが嫌になり、自分や写真に腹が立ってきました。そこで、少しでも大人っぽく見えるように乱暴に髪をふりほどき、肩にたらしてみました。もしかすると、まわりに広がる海も何か変わるのではないかしら。真っ白いひげの大きなヤギが海から現れ、様子を見に来るのではないかしら。

でも、大西洋にはあいかわらず何の気配もなく、少女のもとを訪れたのは、いくつかの流れ星だけでした。

ある日、まるで運命のいたずらのように、運命の確固たる意志にほころびが生じたかのように、変化が訪れました。小さな本物の貨物船がもくもくと煙を吐きながら、ブルドッグのように強引に、荷が重いわけでもないのに(日の光をあびて、吃水線《きっすいせん》の下の赤い部分が帯のように見えていました)、大波に揺らぐこともなく、少女の住む町の海の道を通り過ぎていったのです。しかも、家並は海中に消えることなく、少女が睡魔に襲われることもありませんでした。

ちょうど正午でした。貨物船はサイレンを鳴らしました。でも、サイレンが町の鐘の音とまじりあうことはありませんでした。二つの音はまったく別々に鳴り響いていたのです。

少女は、生まれて初めて人間が鳴らした音を耳にし、窓にかけよると、大声で叫びました。

「助けて!」

そして、学校で使うエプロンを船にむかって振りました。

舵手《だしゅ》は振り返ろうとさえしませんでした。ひとりの水夫が、煙草をふかしつつ、何事もなかったかのように甲板を通り過ぎます。他の者たちも、洗濯の手をやすめようとはしません。船首では、先を急ぐ貨物船のために、イルカたちが左右によけて道を譲っています。

少女は道に飛び出し、身を伏せるようにして、路上に残った船の航跡を抱きしめました。ずっとそうしていたので、少女が立ち上がる頃には、その航跡も海の一部へと戻り、もう何の名残も感じられないまっさらの海になってしまうのでした。

家に帰り、少女は自分が「助けて」と叫んだことに愕然としました。そのとき初めて、この言葉が本当は何を意味しているのか、理解したのです。

その意味に気がつくと、怖くなりました。あのひとたちには、あの声が聞こえなかったのでしょうか。船乗りたちは、耳が聞こえなかったのでしょうか。目が見えなかったのでしょうか。それとも、海の深さよりもずっと残酷なひとたちだったのでしょうか。

そのとき、これまでは町から距離をおき、どう見ても遠慮していたと思える波が、少女のもとに流れ込んできました。大きな大きな波は、他の波よりもずっと遠くまで左右に広がってゆきました。波のてっぺんには、白い泡でできた本物そっくりの眼がありました。

波は、あることに思いあたり、そのままにはしておけないという様子でした。一日何百回と生まれては崩れてゆく波ですが、いつでも必ず、同じ位置にはっきりと眼をつけておくことを忘れませんでした。時おり、波は何かに気をとられ、自分が波であること、七秒ごとに繰り返さねばならないことを忘れて、波頭のまま宙に一分近くもとどまることもありました。

じつは、この波、ずいぶん前から少女のために何かしてあげたいと思っていました。でも、何をすればよいのかわからなかったのです。波は、貨物船が遠ざかるのを目にし、取り残された少女の苦しみに気がつきました。我慢できなくなった波は、無言のまま、少女の手を引くように、そこからほど遠からぬ場所につれてゆきました。

波は波のやり方で少女の前にひざまずくと、大事に大事に、少女を自分の奥深くに抱きかかえました。そのままずっと少女を抱きしめ、死の力を借りて、連れ去ってしまおうとしたのです。少女自身も息をとめて、波の考えた重大な計画に従おうとしました。

ついに命を奪えないまま、波は少女を空高く、海燕ほどの大きさに見えるほどまで突き上げました。そのまま、ボールのように落ちてきた少女を受け止め、突き上げ、受け止めてと繰り返しました。少女は、ダチョウの卵のような大きな泡が散らばるなかに落ちてきました。

結局、何ごとも起こらず、少女を死にいたらせることができないとわかると、波は何度も何度も涙で詫びを囁きながら、少女を家に送り届けました。

かすり傷ひとつ負わなかった少女は、何の希望もないままよろい戸の開け閉めを続け、水平線に船影が浮かぶや否や、海のなかに消えてゆく生活に戻りました。

沖合いで、手すりにひじをつき、物思いにふけるそこの水兵さん、夜の闇のなかで愛するひとの顔をじっと思い浮かべるのも、ほどほどにしておいてくださいな。あなたのそんな思いから、とくに何もないはずの場所に、まったく人間と同じ感性をもちながら、生きるも死ぬもままならず、愛することもできず、それでも、生き、愛し、今にも死んでしまいそうであるかのように苦しむ存在が、生まれてしまうかもしれないのです。海の孤独のなか、なんのよりどころも持たない存在が生まれてしまうかもしれないのです。そう、この大西洋のなかに住む少女のように。

少女は、ある日、四本マストの船アルディ号の船員、スティーンヴォルド出身のシャルル・リエヴァンの思いから生まれました。十二歳の娘を失った船乗りは、航海中のある晩、北緯五十五度、西経三十五度の位置で、死んだ娘のことを、それはそれは強い力で思いました。それが、少女の不運となったのです。

飼葉桶を囲む牛とロバ

Le bœuf et l'âne de la crèche

ベツレヘムへの途上、ヨセフの引くロバの背には、マリアが乗っていました。マリアは重くありませんでした。未来のほかに、何ももっていないからです。

牛はひとり、あとをついてゆきました。

町に着くと、旅をしてきたひとたちは、誰も使っていない家畜小屋へと入ってゆきました。ヨセフが仕事にとりかかります。

牛は思いました。このひとたちときたら、まったくびっくりしちゃうな。なんて器用に手や腕をつかうんだろう。僕らの蹄《ひづめ》や、踵《かかと》とは比べものにならないや。うちのご主人さまときたら、ものをつくったり直したり、曲がったものを伸ばしたり、まっすぐなものをひん曲げたり、必要なことを何の躊躇《ためらい》も思案もなくやってのけることにかけては、天下いっぴんだな。

ヨセフは小屋を出て行き、ほどなく藁《わら》を背負って戻ってきました。でも、これがただの藁ではありません。生命力にあふれ、お日様の匂いがしそうな藁は、奇跡の始まりを告げていました。

ロバは思いました。いったいなんの準備なんだろう。赤ん坊のベッドみたいだな。

マリアが牛とロバに告げました。

「今夜は、あなたたちにも手伝ってもらうことになりそうね」

二頭は、いったいどういうことだろうとしばらく顔を見合わせていましたが、やがて眠ってしまいました。

かすかだけれど、空のずっと向こうからやってくる声が聞こえて、二頭はやがて目を覚まします。

起き上がった牛は、飼葉桶《かいばおけ》のなかに眠る裸の子供に気がつきました。牛は、息をふきかけ、手際よく、くまなく子供を温めてやりました。

マリアは微笑むようなまなざしで、牛に感謝を示しました。

翼の生えた生きものが、まるで壁が見えないみたいにふわりと壁を通り抜け、行ったり来たりしていました。

ヨセフが隣の家から産着を借りて戻ってきました。

「すごいぞ」いかにも大工らしい、この場にはちょっと不似合いなほど大きな声で、ヨセフが言いました。「真夜中なのに昼間みたいだ。太陽が三つも出ている。その三つが今にもひとつになろうとしてるんだ」

夜明け、牛はそっと蹄をついて、立ち上がりました。赤ん坊を起こしてしまいそうで、天上の花を踏み潰してしまいそうで、天使を痛い目にあわせてしまいそうで、怖かったのです。ああ、何もかも、不思議なほど、簡単にはできなくなってしまいました。

近所のひとたちがイエスとマリアに会いにきました。貧しくて、晴れやかな表情を浮かべる以外に、お祝いをもってくることができないひとたちでした。そのあとで、くるみや、フルートをもって、別のひとたちがやってきました。

牛とロバは、すこし端に寄って、人々のために場所をつくり、まだ動物を見たことがない赤ん坊には、自分たちの姿がどんなふうに見えるのだろうと考えました。ちょうど、イエスが目を開けたところでした。

「僕たちだって化け物じゃないんだ」とロバが言います。牛は言いました。

「でもさ、自分や自分の親とはまったく違うかっこうをしているわけだし、僕らを見たら怖がるんじゃないかな」

「飼葉桶だって、この小屋だって、梁《はり》がついてる屋根だって、人間とは似ても似つかないものだけど、怖がっているようすはないよ」

それでも牛は心配でした。自分の角《つの》のことを考え、反芻《はんすう》しました。

自分がいちばん好きなひとに、怖い思いをさせずに近づくことさえできないなんて、つらいなあ。いつだって、誰かを傷つけたりしないように気をつけていなくちゃいけないんだ。でも、よっぽどのことがないかぎり、人にも物にもつらくあたるなんて、僕の性分じゃない。僕は腹黒くもないし、意地悪でもない。でも、どこへ行っても、ほら、この角がついてまわる。目が覚めたら、そこには角がある。眠くてしょうがないときでも、もうろうとしているときでも、この二本のとんがったやつ、硬いやつが離れない。真夜中、夢のなかまで、僕はここに角があることを感じてるんだ。

子供を温めようと近くに寄りすぎたことに思いあたり、牛は急に怖くなりました。ちょっとしたはずみで、角が赤ん坊に当たってしまったら、とんでもないことになっていた！

牛の思いを見透かしたように、ロバが言いました。

「あの子に近寄りすぎちゃいけないよ。とんでもないことだ。あの子を傷つけることになるからね。それに、がまんできなくなって、よだれがあの子のうえにちょっとでも垂れたりしたら、汚いじゃないか。それにしても、なんだって、うれしいとそんなふうによだれが垂れるのかねえ。ちゃんと口のなかにしまっときなさいよ。みんなに見せてまわるもんじゃないだろう」

「(牛は無言)」

「僕は、この耳で遊んでやるんだ。ほら、動くんだよ。あっちにもこっちにも動く。骨がないから、触るとやわらかいんだ。ちょっと怖くて、でも、何だか安心させる感触だろう。子供が喜ぶのはこういうものなんだよ。あのぐらいの子にはちょうどいいおもちゃだ」

「うん。そうだね。僕もそう思うよ。僕だってばかじゃないからね」

それでも、ロバがあんまり自慢げなので、牛は言ってやりました。

「君もさ、あの子のまん前で大声で鳴くのはやめたほうがいいよ。驚いて死んじゃうかもしれないからね」

「ふん、失礼な!」

ロバは飼葉桶の左に、牛は右に立ちました。イエス生誕の時と同じ立ち位置でした。牛は、けっこう形式にこだわるほうだったので、同じ配置にとても愛着があったのです。二頭は、見えない画家のためにポーズをとっているかのように、身動きもせず、失礼のないように何時間もそのままでいました。

子供はまぶたを閉じました。眠くてしようがなかったのです。眠気のすぐ向こうでは、輝く天使が待っていました。その子に何かを教えるために。いえ、何かを教えてもらおうとしていたのかもしれません。

イエスの夢から飛び出してきた天使が、小屋のなかに姿を現しました。天使は、子供の前に身をかがめ、その頭のまわりに透き通った光輪を描きました。ふたつめの光輪はマリアのために。みっつめの光輪はヨセフのために。そして、天使は翼や羽根がきらきらと輝くなかを遠ざかってゆきました。その羽根の純白さは刻々と生まれ変わり、さわさわと音を立て、海のしぶきを思わせました。

「あの光の輪、僕らのぶんはないんだな」と牛は思いました。「天使もわけがあってそうしたのだろう。僕らはちっぽけな存在なんだ。僕もロバも。それに、僕らはあの光の輪にふさわしいことなんてしてないもの」

「そりゃあ、君は確かに何もしてないよ。でも、僕はマリア様を乗せたんだ。忘れてもらっちゃ困る」

牛は内心思いました。あんなにきれいで、ほっそりしたマリア様が、いったいどうやって、あの子供をおなかに隠してたんだろう。

牛はつい言葉に出して考え込んでいたのかもしれません。ロバが答えます。

「考えたって、君には理解できないこともあるさ」

「どうして、君はいつも、僕にはわからないって言うのさ。僕のほうが君よりも年上なんだぞ。僕は、山で働いたことも、野原で働いたことも、海のそばで働いたこともあるんだ」

「そんなの関係ないよ」ロバはさらに言葉を続けます。

「光輪だけじゃない。牛くん、君は気づいていないと思うけど、あの子のまわりには、不思議な埃《ほこり》みたいなものが浮かんでいるんだ。いや、埃じゃ失礼だな」

「そうだよ、埃よりもずっとやわらかくてきれいなものだよ。光のような、金色の湯気が身体から立ち上っているような」

「そう、そう。でも、君は見えていないのに話をあわせようとしてるんだろう」

「僕だって見えているさ」

牛は、ロバを小屋の隅に連れてゆきました。そこには、牛が愛情をこめて置いた小枝があり、そのまわりには、イエスの身体からわきあがる光をそっくりに再現しようと、若い藁がていねいに広げられていました。これが最初の祭壇です。この藁は、牛が外から運んできたものでした。飼葉桶に敷かれた藁には、手を出しませんでした。食べると美味しそうだからこそ、わけもなく心配になったのです。

牛とロバは、夜まで外に草を食べにゆきました。いつもなら、石頭でものわかりが悪い石たちですが、野原にはもう、イエスの誕生を知っている石がずいぶんたくさんいました。ある小石は、微妙に色やかたちを変えることで、自分も知っているのだと二頭に対して主張していました。

野の花たちのなかにも、もう知っている者がいました。これらを食べるわけにはいきません。神を汚すことなく野で草を食《は》むのは、もはや簡単なことではありません。神を汚すという罪を犯すまいとすれば、なかなか食べるものがみつからないのです。牛は食べることなど、どうでもよくなってきました。そのぐらい、牛は幸せだったのです。

水を飲む前にも、牛は思いました。

「この水も、もう知っているのかも」

もしやと思っただけで牛はもうこの水を飲むのをやめ、少し離れたところまで行って、どう見ても、まだ何も気づいていないはずの泥水を飲みました。

時おり、何も兆候があったわけではないのに、飲み込む瞬間になって、のどに何ともいえない柔らかな感触の水がありました。

「ああ、しまった。この水は、飲んじゃいけなかった」

牛は息を吸うのさえ遠慮していました。空気が何か神聖なもののような気がして、大切なことを知っているように思えたからです。天使を吸い込んでしまいそうで、心配だったのです。

牛はもっと清潔でありたいのに、いつも自分がそれほど清潔ではないような気がして、恥ずかしくてなりませんでした。

「これまでよりもきれいにしていなくっちゃ。うん、そうだ。気をつけるしかない。足元に気をつけよう」

ロバは平然としていました。

小屋に日が差し込むと、牛とロバは先を争って、イエスのために日陰をつくってやる大事な役目を果たそうとしました。

牛は思いました。ちょっとぐらい日に当たるのも、悪くないかもしれない。でも、そんなことを言うと、きっとまたロバから、何もわかっちゃいないって言われるんだろうな。

子供はそのまま眠りつづけ、時おり、眠りのなかで考え込んだり、眉をひそめたりしていました。

ある日、マリアが戸口で、未来の信者たちに質問ぜめにあっているあいだに、ロバは鼻先でそっとイエスに寝返りを打たせてやりました。

イエスのもとに戻ってきたマリアは、ぞっとしました。あるべきはずの場所に子供の顔が見えなかったからです。

何があったのかわかって、マリアはロバに、もう子供に触れないでほしいと言いました。牛はいつもと違う特別な沈黙で、同意をしめしました。牛は、沈黙にリズムをつけたり、含みをもたせたり、句読点をつけたりすることができるのです。寒い日には、牛の鼻から立ち上る白い息の長さをたどるだけで、牛の思いの移り変わりをたどることができます。何を考えているのかがわかるのです。

自分に許されているのは、イエスのためにちょっとした配慮をすることぐらいだと牛は思っていました。小屋のハエを自分のほうにひきつけておくことや(牛は毎朝、蜂の巣に身体をこすりつけに行ってました)、壁にとまった虫を退治しておくことぐらいです。

ロバは外の物音に耳をすませ、何かあやしい音がすると、入り口にたちふさがりました。牛はすぐにロバのあとにつづき、加勢しました。二頭ともできるだけどっしりするように頑張りました。危険がつづくあいだ、頭もおなかも鉛や花崗岩でいっぱいにして重量感を出し、それでも、目をぎらつかせ、今までにないほど神経をはりつめているのです。

牛は、マリアが飼葉桶に近づくと、イエスが微笑むことに気がつき、呆然としました。ヨセフだって、ひげもじゃなのに、たいした苦労もなく子供を笑わせています。ただそこにいるだけのときもあれば、フルートを吹いて、子供を笑わせるときもありました。牛は自分も何か吹いてやりたいと思っていました。ただ、息をふきかけるだけなら自分でもできそうです。

「ご主人のことを悪く言いたくないけれど、あのひとには、鼻息でイエスを温めることなんてできないだろう。フルートのことだって、僕が子供とふたりきりになることさえできれば、遠慮しないですむ。そうしたら、あの子は僕が守ってやらなきゃならなくなる。牛っていうのは、強いものだからね」

二頭で野に出ると、牛はロバと別行動することがたびたびありました。

「どこに行くんだい?」

「いや、すぐもどるから」

「だから、どこに行くんだい?」

「なにか困ってないかな、と思ってさ。万が一、ってこともあるし」

「おい、放っておいてやれよ」

牛は野をあとにします。小屋には小さな窓があり、牛はそこから中を覗き込むのです(こうした小窓が、後年、「牛の眼」と言われるようになったのはこのためです)。

ある日、牛がなかを覗くと、マリアもヨセフも姿が見えませんでした。牛の鼻先、子供から遠すぎもせず、近すぎもしない椅子のうえにフルートがおいてありました。

「何を演奏しようかな」と牛はつぶやきました。音楽という仲介役があれば、イエスの耳元まで行くことができるのです。「畑仕事の歌がいいかな。勇敢な子牛の応援歌がいいかな。魔法の牝牛がいいかしら」

牛たちはよく反芻しているふりをしていますが、じつは心の底で歌っているのです。

牛はフルートにそっと息を吹き込みました。天使の助けでしょうか。じつに澄んだ音が響きました。子供は寝床の中から頭と顔を起こし、音のしたほうを見ようとしました。でも、牛は自分の出した音に満足していませんでした。少なくとも、外にいる誰かに聞かれたはずはないと自分に言い聞かせました。でも、じつは聞いていたひとがいたのです。

誰かに、とくにロバなんかにフルートのすぐそばにいるところを見られたら大変だとばかり、牛は大急ぎで逃げ出しました。

ある日、マリアが牛に言いました。

「おいで。どうして、おまえはこの子のそばに寄ろうとしないの。生まれたての、服も着ていないときにこの子を温めてくれたのは、おまえじゃないの」

マリアの言葉に勇気づけられ、牛はイエスのすぐそばに行きました。イエスは牛を安心させるかのように、両手で牛の鼻先をつかみました。牛は息を止めていました。今の彼には呼吸なんて必要なかったのです。イエスはにこにこしていました。牛の喜びは言葉になりません。体じゅうがうれしくて、角の先っぽまでうれしさのかたまりでした。

子供は、牛とロバをかわるがわる眺めました。ロバはすこしばかりうぬぼれぎみ。いっぽう、牛は、内側からほんのり照らされているようなイエスの顔を見ていると、自分が何だか不純なものに思えてなりませんでした。だってイエスさまの顔は、まるで、小さく見える遠くの家で、ランプの光が部屋から部屋へ移動するのをうすいカーテン越しに見ているような感じで、ほんのりと内側から輝いているのです。

牛がとても深刻な顔をしているのを見て、子供は笑い出しました。

牛はなぜ笑われるのかがよくわからず、自分がからかわれているのではないかと思いました。もっと控えめにしていたほうがいいのだろうか。席をはずしたほうがいいのかも。

そのとき、イエスがまた笑い出しました。その声があまりにも光にあふれ、親子の絆を感じさせるものだったので、牛は、このままここにいてもいいのだとほっとしました。

マリアとイエスはしばしば顔を寄せて見つめあっていました。互いに、母のこと、子のことを、とても誇りに思っているのが伝わってきます。

牛は思います。何もかもが喜んでいるみたいだ。こんなに穢《けが》れのない母も、こんなに美しい子供も見たことがない。それにしても、二人とも時おり何て厳粛なようすになるのだろう。

牛とロバは小屋に帰ろうとしていました。牛は、本当に本当かどうか何度も眺めなおしたあとで、言いました。

「ねえ、あの空をまっすぐすすむ星をごらんよ。きれいだなあ。何だか見てると胸が熱くなるね」

「おいおい、おちつけよ。僕らはここ数日、すごい出来事に立ち会ってきたけれど、あの星はそれには関係ないよ」

「勝手にそう思えばいいさ。僕には、あの星がこっちに向かっているように見える。

だって、空のあんな低いところに光っているんだよ。あの小屋めざして進んでいるみたいだ。ね、星の下には、光る石をいっぱいつけたひとが三人いるんだ」

二頭は小屋の前に着きました。

「じゃあ、牛くんは、これからどうなると思うんだい」

「そんなことまでわからないよ。僕はあるがままを眺めるだけでじゅうぶん。それだけでも、たいへんなことだよ」

「ふん、僕には考えがある」

「さあ、二頭とも、どいたどいた」小屋の前でヨセフが声をかけてきました。

「入り口をふさいでいるじゃないか。おまえたちのせいで、あちらの方々が入れないよ」

二頭は、博士たちのために道をあけました。博士は三人いました。そのうちのひとり、真っ黒なひとは、アフリカから来たそうです。牛は最初のうち、ひそかにこのアフリカの博士を見張っていました。イエスに対して、何か悪意があるのではないかと疑っていたのです。

アフリカの博士は近視がちなようで、イエスの顔のすぐそばまでかがみこみました。

するとつやつやとして光り輝くその顔は、鏡のようにイエスの姿を映し出したのです。ありったけの敬意をこめ、すっかり我を忘れている黒人博士の姿を見て、牛の気持ちは、やさしくなりました。

牛は思いました。「ああ、いい人なんだ。ほかの二人ではこんなふうにならなかったもの」

そして、しばらくして、こうも思いました。「三人のなかで、いちばんいいひとかもしれない」

牛は、ついさきほど、ほかの二人の博士が飼葉桶から抜き取った藁を大切そうに荷物の中にしまうのを見たのです。アフリカの博士は、なにも取ろうとしませんでした。三人の博士は、隣人が用意してくれた急ごしらえのベッドで、身を寄せ合って眠っていました。

牛は思いました。「眠るときも冠をはずさないなんて、へんだなあ。あんな硬いものが頭にあったら、僕の角よりもずっとじゃまだろうに。それに頭のうえで宝石がきらきらしていたら、寝つけないだろうになあ」

博士たちは、墓石の彫刻のように静かに眠っていました。彼らを導いてきた星は、飼葉桶の真上で輝いていました。

日がのぼる寸前、三博士はまったく同時にまったく同じように起き上がりました。三人とも同じ天使の夢を見たのです。ヘロデ王の元には戻らず、すぐに出発しなさい、と天使は彼らに告げていました。彼らが神の子イエスに会ったと知れば、ヘロデ王はきっとイエスに嫉妬することでしょう。

三人は出発しました。それでも、星は、皆にここだと知らせるために、飼葉桶の上で輝きつづけました。

牛の祈り

「イエスさま、わたしがぼおっとしていてまぬけに見えても、わたしを見損なわないでください。わたしも、いつかは、この動く岩のような風体から解放されることがあるのでしょうか。

この角のことですが、どうぞお聞きください。この角は飾りのようなものなのです。正直に申し上げますが、この角を使ったことなど一度もないんです。

イエスさま、わたしのなかにある、ありとあらゆる貧しさや乱れに、あなたの光を少しだけ差しかけてください。小さな足、小さな手が精巧に備わっているお身体をもつイエス様、その品格をわたしにもお授けください。教えてください。どうしてある日突然、ふりかえっただけで、あなたのお姿が見て取れたのでしょう。イエス様のおそばにひざまずき、天使やお星様と同じようにおそばで暮らせることに本当に感謝しています。わたしは時おり思うのです。もしや、あなたは事情をちゃんと知らされていなかったのではないのでしょうか。本当に、わたしで良かったのでしょうか。たぶん、お気づきになっていないと思いますが、わたしは背中に大きな傷跡があり、わき腹にもちょっとはげている部分があって、かなりみっともないのです。身内だけ見ましても、わたしより美しいうちの兄や、従兄弟のほうが、ここにいるべきだったのではないかと思えるのです。ライオンやワシのほうが良かったのではないですか」

「おい、静かにしろよ」ロバが言いました。「何をそんなふうにためいきついているんだい。君がもごもご言うせいで、眠れないじゃないか」

ロバの言うとおりだ、と牛は思いました。必要なときは静かにしなくちゃ。たとえ、あまりにも幸せが大きすぎて、どこにしまえばいいのかわからなくても。

でも、ロバだって祈っていたのです。

「荷を引くロバよ、荷を負うロバよ、われらの蹄のもと、日々は美しいものとなるでしょう。ロバの子でにぎやかな牧場では、皆、期待でわくわくしていることでしょう。イエス様、あなたのおかげで、石たちは道端のあるべき場所におさまり、わたしたちは石につまずくことがなくなるでしょう。ああ、それからもうひとつ。どうして、わたくしたちの行く先々には、谷や、山までがあるのでしょう。すべて平原のほうが、みんなのためにも良いのではないでしょうか。牛のほうがわたくしよりも丈夫なのに、なぜ、人は牛の背に乗らないのでしょうか。それに、わたしの耳はどうしてこんなに長いのでしょう。なぜ、わたしの尻尾には馬のような長い毛がはえていないのでしょうか。どうして、わたしの蹄はこんなに小さく、胸先は狭く、声は調子っぱずれなのでしょうか。でも、そんなことは大したことではないのでしょうね」

その後、数日間、夜になると今夜はこの星、翌晩はあの星というように、星が交代で見張ってくれました。ときには、星座まるごとひとつが守ってくれることもありました。空の秘密を隠すため、星が見張りに出かけて不在の場所には、必ず雲が浮かぶのでした。

《遥かかなたの星》が、大きな熱や光の力や無限の広がりは自分たちのなかにそっととどめ、小さく小さくなって飼葉桶の真上に輝き、小屋を温め、照らし、子供を驚かせないように加減しているようすは、すばらしい眺めでした。

イエス誕生から幾晩かは、そんなふうに過ぎました。マリアとヨセフと牛とロバは、驚くほどに自分たち本来の姿をしていました。ふたりと二頭は互いに同じものをもっていました。ふたりと二頭を結ぶものは、昼のあいだすこし薄くなり、訪問客によってばらばらになったりするのですが、日没とともにぎゅっと凝縮され、奇跡のような安心感を生むのです。

牛やロバを通して、いろんな動物たちがイエスに会いたがりました。ある日、牛は、ヨセフの同意を得て、俊足で顔が広いと評判の馬を呼び、明日以降、イエスに会いたいという動物たちを集めるように言いました。

猛獣やラクダ、象など、こぶや鼻がじゃまな動物、体が大きすぎる動物もこの小屋に入れていいものか、牛とロバは悩みました。

サソリ、タランチュラ、大きなトリクイグモ、マムシなど恐ろしげな生き物についても困りました。彼らは夜も昼も、すべてが清らかな夜明けですら、体内で毒をつくっているのです。

マリアは何の躊躇もなく言いました。

「みんな入ってもらっていいですよ。飼葉桶のなかの子供は、天上にいるのとおなじくらい安全なのだから」

「ただし、一匹ずつだぞ」ヨセフの声は、少しだけ軍人のようでした。「一度に二匹入ってきたりしたらだめだ。そうなったら、わけがわからなくなるからな」

まず、毒をもった生き物たちが最初でした。だれもが、彼らを優先させることで、ふだんの嫌悪を埋め合わせるような気持ちになっていたのです。蛇がずいぶん気をつかっていることも見て取れました。蛇はマリアと目をあわせようとせず、できるかぎり離れた場所を通るようにしていました。蛇たちは、白鳩や番犬を思わせるほど穏やかで堂々とした態度で小屋を出て行ったのです。

あまりにも小さいので、中にいるのか、まだ外で待っているのかすらわからないものもいました。微生物たちがイエスに挨拶をして、飼葉桶のまわりを一周まわるまで、他のものは一時間待つことにしました。ヨセフは何だか肌がちくちくするので、まだすべての微生物が祝福を終えてないことに気づいていましたが、約束の一時間が過ぎたところで、次の動物を小屋に入れました。

犬たちは驚きを隠せずにいました。犬は、牛やロバとともに小屋に残ろうとしたのですが、許されなかったのです。犬の疑問に答えるかわりに、人々が頭をなでてやると、犬はいかにも満足げに帰ってゆきました。

それでも、ライオンが近づいてきたことを匂いで感じたとき、牛とロバは不安になりました。ライオンの匂いは、三博士がそこらじゅうに撒き散らしていったお香やミルトスなどの匂いに何の敬意を払うこともなく、強引に流れ込んできただけになおさらです。

マリアやヨセフが、温かな心根ゆえに、イエスは大丈夫だと信じていることは牛にもよくわかっていました。でも、かよわい光のような子供を、その光をひと息で吹き消しかねない動物のそばに置くのは、あんまりではないでしょうか。

ライオンがつつましくしているだけに、牛とロバの不安は増しました。二頭はライオンの前で身動きできなくなってしまいました。ライオンと闘うなんて、雷や雷鳴と闘うように、とても考えられないことに思えました。このところろくに食べていない牛は、闘うどころか風にとばされそうな気がしていました。

ライオンは、これまで砂漠の風以外で梳《す》いたことのないたてがみとともに、小屋に入ってきました。その憂いを帯びた目は「俺はライオンだ。でも、それがどうした。神の前では、しょせん、獣の王でしかない」と告げているようでした。

ライオンが細心の注意を払っているのが、見て取れました。なかなか大変なことではありましたが、できるだけ場所をとらないように、鼻息でまわりに迷惑がかからないように、伸縮する爪や、強い筋肉に支えられた顎のことは忘れるように、必死なのです。

ライオンは目を伏せ、まるで他人に知られたくない病気のようにその立派な歯を隠し、謙虚な気持ちを示していることがよくわかりました。彼は、きっと、聖女ブランディーヌ*に食いつくのを拒否したライオンの祖先にちがいありません。

＊西暦一七七年リヨンで殉教。未開の地で献身的にキリスト教を布教し、生きたまま野獣に食われるという公開処刑にかけられたが、ライオンは彼女に食いつくのを拒否したとされている。

かわいそうになったマリアは、自分の子にだけ見せる特別な微笑で、ライオンを安心させようとしました。ライオンは正面からマリアをみつめ、前にもまして絶望的な様子でいかにもこう言いたげでした。

「どうして、こんなに大きく強くなっちまったんだろう。おわかりとは思いますが、俺たちは飢えと自然の掟でやむを得ないときしか食っていません。それに、わかってください。子ライオンたちのこともあるんです。俺たちだって草食になれないかといろいろ試してみたんですが、どうも向いてないみたいで。うまくいかないんですよ」

ライオンは、毛むくじゃらの大きなぼさぼさ頭をうつむかせ、硬い床に悲しげに伏せました。その尻尾までが、頭と同様、悲しげに最後の一筆をふるうように、ぱたりと床に落ちました。ライオンのまわりには大きな静寂が広がり、まわりにいた誰もが切なくなりました。

トラの番になりました。トラは恐縮し、粗相《そそう》がないようにと思うあまり、床にぺちゃんこになってひれ伏し、飼葉桶のすぐ横で敷物のようになってしまいました。数秒後、信じられないような柔軟さで、きっちりもとの形に戻ると、それ以上何も言わずに小屋を出て行きました。

キリンはしばらくのあいだ、戸口に足を見せていました。皆は話し合い、全員一致で、それだけで、飼葉桶のまわりを一周したとみなすことにしました。

象も同じです。象は戸口の前でひざまずき、香炉を振るように鼻先を動かしただけでよしとしました。その様子は皆からも喜ばれました。

ふかふかの羊は、いますぐ毛を刈ってほしいとしつこく頼みました。でも、感謝の気持ちを伝え、毛はそのままで帰ってもらうことにしました。

お母さんカンガルーは、どうしても自分の子供を一頭、イエスにプレゼントすると言ってききませんでした。これは心を込めた贈り物であり、家にはまだまだほかに子供がいるから大丈夫だと、母カンガルーは言いました。でも、ヨセフが聞き入れようとしなかったので、母カンガルーは子供をつれて帰りました。

その点、ダチョウは強運でした。ダチョウは隙を見て、小屋のすみに卵を産み、そのままそっと立ち去ったのです。置き土産がみつかったのは、翌朝になってからでした。ロバが見つけたのです。ロバはこんなに大きくて、こんなに硬い卵を見るのは初めてだったので、奇跡が起きたと思いました。ヨセフは、ロバの誤解をとくために良い方法を思いつきました。その卵でオムレツを作ったのです。

魚たちは水の外では呼吸できないという悲しい事情があり、来ることができないので、カモメに代理を頼みました。

鳥はそのさえずりを置き土産にし、鳩は愛を、サルはいたずらを、猫はまなざしを、キジバトはのどもとのやわらかさを残してゆきました。

ほかにもイエスに会いたがっていた生き物がいました。まだ発見されておらず、海や土のなか、ずっと星も月もなく季節すらない夜のような深いところで名前がつけられるのを待っている生き物たちです。

来られなかった者。遅れてしまった者。世界の果てに住んでいて、小さな虫の足で歩き始めたものの、時速一メートルにしかならず、寿命も短いので、どんなに運が良くても五十センチ以上の移動は望めない者。そうした者たちの思いが宙を舞っているのが感じられました。

いくつかの奇跡もありました。あのカメが急ぎ、イグアナが歩みを緩《ゆる》め、カバが優雅にひざまずき、オウムが沈黙したのです。

日没まぎわ、皆を悲しませることが起こりました。一日じゅう、何も食べずに行列をさばいてきたヨセフが疲れ果て、ちょっとしたはずみでクモを踏み潰してしまったのです。ヨセフはクモがイエスを祝福に来ていることを忘れていたのです。ヨセフの取り乱した顔を見て、皆も呆然としてしまいました。

もっと慎《つつ》ましやかな性格だと思っていたのに、意外とずうずうしく居座る動物も出てきました。牛はなかなか帰ろうとしないムナジロテンやリス、アナグマを追い立てました。

蛾《が》が何匹か、屋根の梁と同じ色なのをいいことに小屋に残り、飼葉桶の上で一晩泊まってゆきました。でも、翌朝、日が差し始めるとすぐに見つかってしまいました。ヨセフは誰もひいきしないことにしていたので、蛾をすぐに追い出しました。

ハエたちも出てゆくように言われたのですが、もともとここにいたんだからと駄々をこね、そこに居座りました。ヨセフもそれ以上は何も言えませんでした。

まわりで信じられないことが次々と起こり、牛はしばしば息が止まるほどの驚きを覚えました。牛は東洋の苦行者のように呼吸をがまんすることを覚え、ふつうのひとには見えないものが見えるようになっていました。偉業をなしとげるよりも隅でおとなしくしているほうが落ち着ける牛ではありましたが、崇高な恍惚を経験していたのです。

それでも牛は、天使や聖人の存在を幻視するなんて、畏れ多いことだと思っていました。だから、天使や聖人がすぐ近くにいるときしか、はっきり見ようとはしませんでした。

天使たちの姿におののき、その存在を疑っていた牛は思いました。僕はだめだなあ。僕はしょせん、荷物運びの牛でしかないんだ。いや、もしかすると悪魔なのかもしれない。なんで、僕には悪魔みたいな角が生えているんだろう。僕は誰かに意地悪したことなんてないのに。いや、もしかすると、僕は魔法使いなのかも。

ヨセフは、牛が悩んでいることに気づいていました。牛の体が目に見えてやせ細ってきたからです。

「ほら、外でたんと草を食べておいで。一日じゅう、わたしらの足元にひっついているじゃないか。このままじゃ、骨と皮になってしまうぞ」

ロバと牛は外に出ました。ロバが言いました。

「牛くん、確かに痩せたね。骨がでっぱりすぎて、体じゅう、角だらけになっちゃいそうだよ」

「角の話なんかするなよ！」

牛は、自問自答していました。ああ、ご主人の言うとおりだ。死ぬわけにはいかない。さて、このきれいな草を食べるとしようか。それともこっちがいいかな。おまえ、この草が毒草だとでも思っているのかい。いや、僕、おなかがすいてないんだ。それにしても、イエスさまの美しいことといったら！　それに、あの出たり入ったりしている素敵な者たち。いつだって、翼をはためかせて呼吸しているんだ。天上の美しい世界がそのままなんの穢れもなく、あの小さな小屋のなかにおさまっている。それより、ほら、食べなくちゃ。そんなのおまえには関係ないんだから。幸福感に耳を引っ張られたみたいに真夜中に目を覚ますのもおよしよ。飼葉桶のそばに片ひざついて、足が痛くなるまで、長いことじっとしているのもよくないよ。せっかくの牛革がひざのところだけすりきれてるじゃないか。このままだと、そのうち、ハエがたかるよ。

ある晩のこと。暗い夜空では、牡牛座が飼葉桶の真上で見張りに立ちました。アルデバランの赤い瞳はみごとなまでに輝き、燃えるようでした。しかも、すぐそこにあるかのようです。牡牛の角もわき腹もきらきらと光にあふれていました。

牛は、イエスがしっかり守られているのを見て、誇らしく思いました。皆、静かに眠っています。ロバも耳を垂らし、安心しきっていました。でも、牛は、心細くてたまりませんでした。家族か友人のような牡牛座が天上の力で守ってくれているというのに心細いのです。牛は、自分がイエスのために尽くしていること、役に立たないとわかっていても眠らずに番をしていること、無力だと知りつつもイエスを守ろうとしていることに思いをめぐらせていました。

牛は思いました。牡牛座から僕が見えるかしら。あの大きく赤い星の目玉、ちょっと怖いぐらいだけど、僕がここにいることを知っているのかな。あんなに高くて、遠いところにあると、いったいどこを見ているのかすら想像できないや。

先ほどから床の中でうなされていたヨセフが、起き上がり、空に向かって両手を広げました。何かするときも、話すときも、いつもあれほど慎み深いヨセフが、皆を起こしています。小さなイエスまで起こしてしまいました。

「夢に神さまが出てきたんだ。すぐに逃げよう。ヘロデが来る。イエスを奪いに来るんだ」

マリアはもうすでにユダヤの王、ヘロデが、肉切り包丁片手に小屋の戸口に迫っているかのように、イエスを抱き上げました。

ロバが立ち上がります。

「こいつはどうしよう」ヨセフが牛を指して、マリアに言いました。

「体が弱っていて一緒に来られそうもないわね」

牛は元気なところを見せようとしました。必死に立ち上がろうとするのですが、どうしても地面から体が離れません。牛はすがるような思いで牡牛座を見上げました。出発できる力を下さいと頼れるものは、牡牛座しかなかったのです。天上の牛はいつものように赤く燃えるような目をして、身じろぎもせず地上の牛に横顔を向けていました。

「もう何日も食べていないのよ」マリアがヨセフに言いました。

牛は思います。ああ、やっぱり僕はここに置いていかれるんだ。あまりにも美しい日々だった。こんなのがずっと続くはずないもの。確かに、このまま旅に出ても、骨と皮の亡霊みたいで、足手まといになっちゃうだろう。僕のあばらは、皮がはりついた状態に飽き飽きして、さっさと空の下でのんびりしたがっている。

ロバが牛に歩み寄り、鼻づらを寄せると、マリア様が近所の女の人に君の世話を頼んでいたから、皆がいなくなっても心配ないよと教えてくれました。でも、目を半ば閉じた牛にとっては心がつぶれるような思いでした。

マリアが牛を撫でて、声をかけました。

「旅に出たりしないわ。あたりまえじゃない。ちょっと驚かせただけよ」

ヨセフも言います。

「当然じゃないか。すぐに戻るさ。こんな夜中に、遠くに行くわけないじゃないか」

「きれいな晩だから、この子にちょっと外の空気を吸わせてくるわ。このところ、何だか顔色がさえないから」

「そうだ、そうだ。そうしよう」

やさしい嘘でした。牛にはわかっていました。旅立つ人の準備を邪魔してはいけないと思い、牛は寝入っているふりをしました。牛も、牛なりに嘘をついたのです。

「眠っているわ」マリアが言いました。「牛のそばに飼葉桶の藁を置いておきましょう。目が覚めたときに困らないように。フルートも鼻先に置いておきましょうね。ひとりのときは笛を吹くのが好きなようだから」

出発の準備が整いました。小屋の扉が、きいと音をたてます。

「油を差しておけばよかったな」ヨセフは思いました。扉の音で、牛が起きるのではないかと心配したのです。でも、牛は眠ったふりを続けました。

そっと扉が閉まりました。

飼葉桶のそばにいたロバが、少しずつエジプト逃避行のロバになっていったその頃、牛はさっきまでイエスが寝ていた藁をじっと見つめていました。

自分がもう二度と藁にもフルートにもさわることがないとわかっていました。

牡牛座は大きくひと飛びに天空に戻り、角をひと突きすると、この先もう二度と離れることのない、空の定位置で動かなくなりました。

夜が明けてしばらくたち、近所の女が目にしたとき、牛はもう口を動かしていませんでした。

セーヌ河の名なし娘

L'inconnue de la Seine

『あら、河底にずっといるものだと思っていたのに、引き上げられてゆくわ』

溺死した十九歳の若い娘は、流れのなかを進みながら、ぼんやりと思いました。

娘が怖い思いをしたのは、アレクサンドル橋をすこし過ぎたあたりでのこと。河川担当の警官がご苦労さまにも、娘の服をひっかけようと鉤《かぎ》つき棒をふりまわしたので、彼女の肩に鉤がひっかかってしまったのです。

幸い、夜が来て暗くなったので、警官は引き上げを断念しました。

『水から引き上げられて、どこかの死体置き場の台に載せられ、身を守るすべもなく、後ずさりも、小指をあげることさえできないまま、人目にさらされるなんて、とんでもない。死んだことを自覚させられて、足をさわられるなんて。しかも、まわりに誰も女の人がいない、身体を拭いて、死顔に化粧してくれる女の人もいないなんて、絶対にいや』

ついに、娘の身体はパリを通り過ぎ、今は、両岸に木々や牧草地が広がるなかを流れていました。昼間は河が蛇行している場所に身をとどめ、月や星だけが魚のうろこを照らす夜の間にかぎって、旅を続けるのです。

『このまま海にたどりつけるかしら。今のわたしには、もう、どんなに高い波がきても怖くない』

流れてゆく彼女の顔には、自分でも知らないうちに、微笑が輝いていました。震えるような微笑でしたが、いつも、あらゆるものにふりまわされながら生きていた頃の微笑よりも、ずっと力強いものでした。

『海までたどりつく』この言葉だけを道連れに、娘は流れてゆきました。

目をつむり、足を閉じ、流れに腕を動かされ、片方のひざの下でストッキングがしわになっているのを気にしながら、喉ではまだ息を吹き返す力を求めています。彼女の身体は何の抵抗もせず、雑多なものが浮かぶなかを進んでゆきました。同じような蛇行を何度も繰り返し、ただひたすらに海をめざすという、このフランスの古き河、セーヌの流れだけを頼りに進んでゆくのです。

ある街を通り過ぎるとき（『いまマントかしら、ルーアンかもしれない』）、橋のアーチのところで渦に巻き込まれ、しばらく同じ場所にとどまったりもしました。すぐ近くをタグボートが通って、水流をかき回してくれるまで動けなかったのです。

水中で過ごす三日目の夜、彼女は思いました。『こんなんじゃ、絶対に海になんてたどりつけない』

「大丈夫、ちゃんと着いたよ」すぐ近くで男の声がしました。どうやら、とても大きくて、裸のようです。男は、彼女の足首に鉛の塊《かたまり》を結び付けました。

男は毅然とした、有無を言わさぬ態度で娘の手をとりました。たとえ、相手が死んでいる娘でなくても、そう簡単には抵抗できないような態度でした。

『彼に任せましょう。そもそも、わたし、自分ひとりじゃ、どうしようもないんですもの』

娘の身体は底へ底へと沈んでゆきました。

海の底で待っていた砂地にたどりつくと、きらきら光る者たちが駆け寄ってきました。でも、《びしょぬれ男》と呼ばれる、さきほどの男が皆を遠ざけました。

「わたしたちを信用してください。あなたは、今でも呼吸しようとしているからだめなんですよ。心臓がもう二度と動きそうもない、たとえ動いたとしても何かの間違いでしかないという予感におびえるのも、もうおよしなさい。海水を飲むまいとするか

のように、歯を食いしばっているのも、よしたほうがいいですよ。海水といったって、今のあなたには真水とおなじようなものです。もう、何も思い悩むことなんてないんです。わかりましたか。もう何もないんですよ。ねえ、そう思うと元気が出てきたでしょう」

「ああ、気を失いそうだわ」

「もう、一生、気を失うことなんてないんですよ。早く慣れるように、足元にある砂を、片手からもう片方の手にわたしてごらんなさい。あわてなくていいですよ。そう、そんな感じです。ほら、だんだん平衡感覚を取り戻してきたでしょう」

娘ははっきりと意識を取り戻しました。そして、急にまた、とんでもなく怖くなったのです。この水のなか、この《びしょぬれ男》はひとことも言葉を口にしていないのに、言っていることがわかるのは、いったいどうしてなの？　でも、恐怖は長くは続きませんでした。男が身体から光を発することで話しかけていることがわかったからです。彼女自身、むき出しの細い腕から、答えるかのように小さな光を発していました。まるでホタルのようです。まわりにいる《光る者たち》も、こうすることでしか話ができないようです。

「さて、あなたはどこから来たんですかね」

《びしょぬれ男》が、彼女に横顔を見せたまま、たずねました。どうやら、《光る者たち》の間では、男性が女性に話しかけるときは、こうするのが習慣のようです。

「自分のことは何も思い出せないの。名前もわからない」

「では、あなたを《セーヌ河の名なし娘》と呼ぶことにしましょう。それで、いいでしょう。わたしたちだって似たようなものです。まあ、とにかく、ここは《光る者たち》の村、あなたにとって暮らしにくい場所ではないですよ」

娘はまぶしすぎる時のように、目をぱちぱちさせました。《びしょぬれ男》は、電灯魚たちに合図し、一匹だけ残して、あとは下がらせました。そう、二人のまわりでは、電灯魚が海の深みを照らし、たいして動きもせずじっとしていたのです。

さまざまな年齢の者たちが興味津々《しんしん》で近寄ってきました。皆、服を着ていません。

「何か望むことはありますか」

「服を着たままでいさせてください」

「着たままでいればいい。たいしたことじゃない」

海の底の住人たちの目や、ゆっくりと礼儀正しい動きには、新入りに何かしてあげ

たいという親切心が見て取れました。

娘は、自分の足に結びつけられた鉛の塊が気になっていました。皆から見られないところで、重りをはずすか、せめて結び目を緩めたいと思っていました。《びしょぬれ男》は、そんな彼女の気持ちに気づいたようです。

「だめだめ、それに触ってはだめだよ。頼むからね。それがなくなると、あなたは意識を失って、水面に浮き上がってしまうんだよ。もっとも、サメの縄張りを運良く通り抜けることができない限り、水面にはたどりつけないけどね」

娘は諦め、周りの人たちを真似て、海藻や魚たちを振り払いました。小さな魚がたくさんいるのです。魚たちは好奇心が強く、ハエや蚊のように顔や身体のまわりをうろつき、ついには、まとわりついてくるのです。

《光る者たち》には、各自一、二匹（三匹ということは稀でした）、使用人とも番人ともつかぬ大きな魚がついていました。こうした魚たちは、口で物を運んだり、背中に張り付いた海藻をはがしたり、身の回りの世話をしてくれるのです。

魚たちは、ちょっとした合図で駆け寄ってきます。声をかけられる前に気をきかせる魚もいます。あまりにへこへこして、うるさいときもあります。それでも、魚たちの目は丸く、じつに素直な尊敬の念を湛《たた》えており、そんな目で見られて嬉しくないといえば嘘になります。それに、大きな魚たちは、自分たちと一緒に世話係をしている小さな魚を食べることは、決してありませんでした。

娘は思いました。『わたし、どうして身を投げたんだっけ。あっちの世界では、女の子だったのかしら、女だったのかしら、思い出せない。もう、頭の中身まで貝や海藻になっちゃったのね。それはとても悲しいことだわ、と言いたいところだけれど、悲しいってどんな意味の言葉だったかしら』

彼女が考え込んでいるのを見て、別の少女が近寄って来ました。二年前に遭難した少女で《ナチュラルさん》と呼ばれていました。

「海底で暮らすというのは、とても安心できることよ。でも、身体が浮き上がらないようになるには、時間をかけて身体が変化し、充分な密度になるまで待つしかないの。ここまで来て、飲み食いしたいなんて思っちゃだめよ。そういう幼稚な思いはすぐになくなる。もう少し待てば、そのうち目から本物の真珠が出てくるわよ。それが、適応し始めた証拠なの」

「みんな、ここで何をしているの?」しばらくして、《名なし娘》が訊ねました。

「いろんなことよ。退屈しないわ。本当よ。海の底を訪ねまわって、はぐれた人たちを見つけては、ここに連れてくるの。この国の勢力を強めるためにね。この透き通った牢獄のような海で、永遠の孤独を噛み締めている人を見つけたときの感激といったら、もう！　ふらふら歩いていたり、植物にしがみついていたりしてね。隠れているときもあるわ。きっと、サメがそこらじゅうにいると思って怖かったのね。そこへ自分と同じような人間がやってきて、戦闘のあとの衛生兵みたいに抱きかかえ、安全な場所まで運んでくれるというわけ」

「船が沈むことは？　よくあることなの？」

「一度だけ、海の底まであっちの世界のものが、いくつもいくつも落ちてくるのを見たことがある。いろんなものが水のなかに転がり込み、わたしたちの上に落ちてくるの。食器や鞄、ロープの類や、そう、乳母車まであった。船室のなかに残っているひとたちを救うために、まず、救命胴衣をはずしてやらなければならなかった。力自慢の《光る者たち》が、斧を片手に遭難者を助けに行ったの。でも、遭難者を安心させるために、斧はすぐに隠したわ。そのときに集めた物は海の下、わたしたちの領地にある倉庫に、何もかも運んであるの」

「でも、もう何も必要ないんでしょう?」

「必要なふりをしているだけよ。時間の重みに耐えられるようにね」

　そこへ馬の手綱を引いて、男が通りかかりました。光り輝く馬は、やや形がゆがんでいましたが、威厳と礼節と死の受容という不可思議な力で、きらきらしています。馬は全身銀色の粒に包まれています。

「馬はとても少ないの。この世界ではぜいたくなものなのよ」と《ナチュラルさん》が教えてくれます。

男は、《名なし娘》のすぐそばで、婦人用の鞍をつけた馬を止めました。

「《びしょぬれ男》からの贈り物です」

「あら、ごめんなさい。でも、まだ、馬に乗れるほど元気じゃないの」

美しい馬は、娘に拒絶されると、まるで何があっても表情を変えたり、動じたりしないとでもいうように、堂々と威厳を保ったまま戻ってゆきました。

「ここでは、《びしょぬれ男》がいちばん、えらいのかしら」

《名なし娘》はきっとそうだと思いながら、訊ねました。

「ええ、そうよ。いちばん強いし、ここらのことをいちばんよく知っている。彼はと

ても強いから、水面ぎりぎりまで浮かび上がれるの。信じやすい人たちは、《びしょぬれ男》なら、太陽や星や人間たちのことまで知っていると思っているわ。でも、そんなの無理。溺死体が漂っているのを見つけられるところまで浮かび上がれるだけでも、大したもの。そうなの。あっちの世界ではまったく無名だった人が、この海の下では名声を勝ち得ることだってあるのよ。あちらの世界で教えるような歴史には、ベルナール・ド・ラ・ミシュレット提督のことも、妻のプリスティーヌのことも何も書いてないんでしょう。《びしょぬれ男》のことだって。彼は、見習い水夫だった十二歳のときに溺れ死んで、この海底の世界でのびのびと生き、信じられない力で成長して、今やわたしたち一族の長にまでなったのよ」

《セーヌ河の名なし娘》はいつも、眠るときでさえ、服を着たままでした。過去の人生の名残は、この服だけなのです。裸の女たちのなかにあって、ところどころに皺《しわ》やぬれ跡のついた服を着ている彼女は、不思議な優雅さをかもしだしていました。男たちは、服に隠れて見えない彼女の胸はどんな形なのだろうと心をそそられました。娘は、服を着たままで暮らしたいので、皆を避けるようになりました。でも、地味にと心がけるあまり、かえって目立ってしまうのです。それでも、子供たちや、溺死

者のなかでも特にみすぼらしい者や、手足を失っている者のために、日がな一日、貝殻を拾って過ごしていました。誰に対しても自分から挨拶し、必要がないのに謝ることもたびたびありました。

毎日、《びしょぬれ男》が彼女に会いにきました。ふたりは、つつましく寄り添いあう天の河のような二本の光の帯とともに、そこにじっとしていました。

ある日、娘は言いました。

「ここは、海岸からそんなに遠くないはずよ。河を遡《さかのぼ》ることができれば、街の物音を聞けるのに。遅れ気味の市外電車が鳴らす警笛だけでもいい」

「かわいそうに。忘れん坊だな。自分が死んでいるのを忘れたのかい？　地上に引き上げられたら、牢獄のいちばん陰気な部屋に閉じ込められて、他人の目にさらされるんだって、忘れたのかい。生きている奴らは、わたしたちがうろうろしているのを嫌がる。だから、ふらふらしてるとすぐに処罰される。ここなら、自由だし、安全なんだよ」

「じゃあ、あなたはあっちの世界のことを考えることはないの？　わたしはよく、あちらの世界のことを思い出すわ。あれこれと脈絡もなく。でも、思い出すと悲しくな

る。今だって、オーク材のテーブルが目に浮かぶの。テーブルがひとつあるだけ。で、テーブルが消えると、ウサギの目玉が見えてくる。ほら、こんどは砂に残った牛の足跡。どれもこれも、何かを伝えにくるみたい。でも、そこにあるだけで何も言わないの。二つのものが同時に浮かぶこともあるけど、それがちぐはぐしているのよ。ほら、湖面にさくらんぼがある。ベッドのなかにカモメがいたり、煙をはく大きなランプのガラスカバーにヤマウズラがとまっていたり、わたしにどうしろというのかしら。こんなに絶望的なことってないわ。何もかも、人生の一部なのに、命がないの。これが、死というものなのかしら」

そして、娘は心のなかで付け加えました。

『そこにいるあなただって、今、わたしの隣にいて、氷盤に刻まれた兵士のレリーフのように横顔を見せているあなただって』

ひとり、またひとりと、母親たちは自分の娘が《セーヌ河の名なし娘》と遊ぶのを禁じるようになりました。彼女が昼も夜も着ている服のせいです。

ある溺死体の少女が言いました。死んでもなお、理性が揺らぎ続けていて、正気に戻れない少女です。

「《名なし娘》はまだ生きているわ。あの子、まだ生きてるのよ。わたしたちと同じなら、服を着ていなくても何も感じないはずじゃない。おしゃれなんて、死んだ者には関係ないもの」

《ナチュラルさん》がなだめます。

「馬鹿なこと言うんじゃないよ。正気とは思えないわ。どうして、海の底で生きていられるというのよ」

「確かに海のなかでは生きられないわね」少女は、ずいぶん前に習ったことを急に思い出したように、打ちひしがれたようすで答えました。

それでも、ものの数秒とたたないうちに、彼女はまた言い始めるのです。

「ねえ、あの《名なし娘》は、まだ生きているのよ。きっと」

《ナチュラルさん》は反論します。「いいかげんにしなさいよ。このばか娘。とにもかくにも、そんなこと言って許されるはずないでしょ!」

でも、ある日、これまで《名なし娘》といちばん仲良しだった《ナチュラルさん》でさえ、「わたしだって、文句のひとつもあるのよ」という顔で歩み寄ってきました。

「ねえ、海のなかだというのに、どうしてそんなふうに服を着ているの」

「服を着ていると安心なの。まだ、理解できないすべてのことから守ってくれるような気がするから」

そこへ、以前から《名なし娘》を責め立てていた女が通りかかり叫びました。

「そうやって目立つことがうれしいんだね。まったく、不真面目な子だ。わたしは、あっちの世界では母親だったんだ。もし、うちの娘がそばにいたら、すぐにこう言うよ。『さっさと服を脱ぎなさい。わかったね』ってさ。あんただって、そうだ。さっさと脱ぎな！」

女は《名なし娘》をあんた呼ばわりしました。ここ海の底では、最悪の侮辱です。

「さもなきゃ、こいつに気をつけな、お嬢ちゃん」女ははさみをふりかざして脅したかと思うと、怒りにまかせてはさみを《名なし娘》の足元に投げつけました。

「逃げて！」女の見せた悪意に驚いて、《ナチュラルさん》が叫びます。

ひとりぼっちになった《名なし娘》は、重く苦しい水のなかで必死に辛さに耐えていました。

《名なし娘》は思いました。地上の言葉で『嫉妬』というのは、こういうことを指すのだったかしら。

自分の目が、重たい真珠で悲しげにごろごろするのを感じ、《名なし娘》は思いました。

『ああ、無理だわ。いつまでたっても、こんなところには絶対なじめない』

《名なし娘》は誰もいないところへと必死に逃げました。足に鉛玉がついているので、そんなに速くは動けませんでしたが、できるだけ急ぎました。

『人の命って何て意地悪なの！　もう、わたしのことなんて放っておいてちょうだい。いいかげんにして！　わたしにどうしろっていうのよ。もう、人生だって終わっているというのに！』

電灯魚をすべてふりきり、深い夜のなかにたどり着くと、《名なし娘》は、逃げる寸前に拾い上げた黒いはさみで、自分を海の底に縛り付けてきた鋼の鎖を断ち切りました。

水のなかを進みながら娘は思いました。『これで、ようやくほんとうに死ねるわ』

夜の海は、《名なし娘》自身が放つ光でとても明るかったのですが、やがて、その光も完全に消えてしまいました。彼女の唇に、さまよえる溺死体の微笑が戻ってきました。《名なし娘》に可愛がられていた魚たちは、すぐに彼女についてゆくことにしました。そう、魚たちも、彼女が水面に近づくにつれて息を詰まらせ、一緒に死んでいったのです。

空のふたり

Les boiteux du ciel

かつて地上で暮らしていた者の影が、天上の広大な世界に集まっていました。影たちは、命ある者が地面の上を歩くのと同じように、宙を歩いていました。

先史時代に生きていた男の影は、思っていました。

『広々として安全な洞窟を探さなくては。それから、火を起こすための石も。何て貧相な場所だろう。まわりに丈夫なものが何もないんだ。幻影と空虚ばかりだ』

現代を生きる父親だった影は、鍵にみたてたものを慎重に鍵穴に差し込み、そっと扉を閉めるような動作をしていました。

『さあ、家に帰ってきた。今日も一日、よく働いた。さあ、飯を食って、さっさと寝るとしよう』

翌朝、彼はまるで夜のうちにひげが伸びたかのようにふるまい、霞《かすみ》のひげそり用ブラシで、長々と泡をたてるのでした。

そう、家々も洞窟も、赤ら顔だったはずの太ったブルジョワの顔でさえも、何もかもが今や、かつての存在感を完全に喪失し、昔をなつかしむ灰色の影でしかないのです。人々の亡霊、町の亡霊、川の亡霊、大陸の亡霊。なにしろ、天にはヨーロッパがそのまま存在していたのです。フランスだってまるごと、大事な大事なノルマンディーのコタンタン半島や、ブルターニュの半島までちゃんとありました。ノルウェーのフィヨルドだって細かいギザギザの一片までぜんぶあります。

地上での変化はすべて、空のどこかにあるこの世界にも反映されます。夜、道路の敷石が取り替えられたら、それも、ちゃんと再現されるのです。無為王《むいおう》*の時代の二輪馬車、乳母車、あらゆる時代の乗り物の亡霊が過ぎてゆきます。小型トラック、乗合馬車、御輿《みこし》のような担ぎ椅子。

生きていた頃、歩く以外に移動手段がなかった者は、ここでも歩いています。電気の存在など信じられない者もいれば、近々普及する動力として知っている者もいて、ありもしない電気のスイッチを押して、明るくなったつもりになっている者もいました。

*メロヴィング王朝末期の王たち。

時おり声が聞こえてきます。この空の世界に響く唯一の声です。どこからともなく聞こえてきて、亡霊たちのかつて耳の穴があったところにこう告げるのです。

「おい、自分たちが影でしかないことを忘れてはいかんぞ」

しかし、この言葉を理解するのも四、五秒程度のもので、あとはもう何も言われていないのと同じ状態になってしまいます。影たちは、再び、自分たちのしていることに何の疑いも抱かず、自分たちの思うように過ごします。

亡霊たちはしゃべれません。ささやくことさえできません。

でも、魂が透けて見えるので、何かを伝えたいときは、話し相手――といっても『話す』わけではないのですが――の前に立つだけでことは足りるのです。

まだ年端《としは》のゆかない息子を前に、母親が「あ、危ない！　転んじゃう。死んじゃったらどうしよう」とまるで命の危険がある一大事のように心配しているのが透けて見えることもあります。かと思えば、近所の女に対して「昨日だって、この子はひざから血を流して帰ってきたのよ」と話しているのが見えることもあります。

気持ちを知られたくないなら、大急ぎで逃げて、出来るかぎり、皆から離れたところにいるしかありません。でも、ほとんどのひとは何も隠し事をせず、きちんと礼儀正しい方法で気持ちを明かすことに慣れてしまっていました。

誰もが、いつも同じ年齢の外貌《みかけ》をしていましたが、それでも、親たちは子供に将来の夢を尋ね、子供が大きく、本当に大きくなったなあと感じては、その喜びを噛み締めるのでした。いっぽう、若い二人がキスを交わすときは、まわりのことなんて気にしません。目の見えない人たちはほかの人たちと同じように見え、白杖がなくても歩けることを喜んでいましたが、ありもしない（！）障害物を避けようとするかのように、つい頭をぐいと後ろに反りかえらせてしまうのでした。

地上で大恋愛を経験したひとは、なんだか隣の芝生のほうが青いような気がして、ついつい浮気者になりがちです。あとで、お話しするシャルル・デルソルがまさにそうでした。

新たに天上にやってきた者たちは、しばしば、灰色のぴくぴく動く心臓を何の痛みもなくはぎとり、足元に投げつけ、長いこと眺めたり、踏みつけたりします。それでも、謙虚な心臓は何のダメージも受けず、痛みを感じることも泣くこともできない亡霊の胸元へと、静かに戻ってゆくのです。

影をどうしたらいいかわからず、足を踏み出すことも、手を上げて挨拶することも、足を組むことも、走ることも、助走をして跳ぶことも、助走なしで跳ぶことも、これまで平気でできたことが何もできなくなってしまった新参者を、皆が慰めます。新参者は、まるで財布を落としたかのように、常にまわりをきょろきょろし、あちこち手で触ってみるのです。『今だけだ。そのうち、もとにもどる』

そのうち、もとにもどる。

皆は新参者に言います。「嘆くもんじゃないよ。もっと不幸なひとだっているんだから」そう言って、見えない地球を、今、地球があるはずの場所を指差すのです。子供も、赤ん坊でさえも、地球がどこにあるのかを知っていました。たとえ、夜中にとつぜん揺り起こして、尋ねたとしても答えられるぐらいです。

天上では何の音も聞こえませんでした。どんなに耳を澄ませても無駄です。灰色の男や女の唇をじっと見つめたり、ゆりかごに屈み込んでみたり、何か音が出てくるのではと待ち構えていても無駄なのです。

今日はあちらの家、明日はこちらの家と、皆で集まって、実体のないチェロが奏でるひとつの曲を一緒に「聴いたり」、各自が思いのままに、好みにあわせ、四重奏やら、パイプオルガンやら、フルートのソロ演奏やら、大雨のなか風に揺れる杉の木の音を「感じたり」することもありました。

有名なピアニストだった男は、ある日、見えないピアノの前に座り、友人たちを招いて、弾いているところを見せることにしました。人々は、彼がバッハを弾くのだろうとわかっていました。

演奏者と作曲者の才能が相まって、もしや何か聞こえるのでは、という思いがありました。皆は、右へ左へと大きな期待をこめて頭を動かしました。おや、バッハ本人ではないか、と思った人もいました。その通り、演奏者はバッハ本人だったのです。

彼は「トッカータとフーガ」を演奏しました。皆は熱心に演奏に見入り、本当に聞こえたような気がしました。曲が終わると、全員が思い入れたっぷりに拍手をしました。それでも、手のあいだからは何の音もしなかったのです。結局、奇跡など起こらなかったのだということがわかり、人々は早々に帰ってゆきました。

でも、影たちがいちばん悲しくなるのは、ものがもてないということでした。自分たちのまわりにある物体が、何もかも実在しないのです。爪の先だろうが、髪の毛一本だろうが、パンの耳だろうが、かつてははっきり存在していたものが、今や何もないのです。

ある日、散歩していた人たちは、広場に細長い箱を見つけました。本物の木でできた白い箱です。影たちは、これまでつい大きな期待を抱き、何かがあると思い込んでは、がっかりするということがたびたびあったために、ことの重大さがすぐには理解できず、これも幻影なのではないか、いつもよりちょっとばかりうまくできた偽物なのではないかと思いました。でも、元気のよいことで知られる梱包係の男が、疑い深い者たちひとりひとりを説得するようにあちらこちらへと向き直りながら、これは本当の箱だよ。地上にあるのと同じ白い木製の箱だよと断言したので、皆も驚いてしまいました。

あらゆる時代の者たちが箱のまわりに集まりました。ゴート族、ヤギ、オオカミ、西ゴート族、フン族、プロテスタント派、ジャコウネズミ、キツネ、コガモ、カソリック派、あたまでっかちのローマ人、おちびちゃんたち、ロマン主義や古典主義、ピューマ、ワシ、テントウムシまで。皆があんまり静かに取り囲んでいたので、箱がきしみだしました。

(影たちはとても透き通っていたので、子供たちは群集のどこにいても、つまさき立たなくても、ちゃんと何があるのか見ることができました)

『これで何かが変わる。何かが変わるんだ。もう、このままじゃ生きられなくなったんだ。本物の白い木の箱があるのなら、今度こそ、本当の太陽が急に輝きはじめるかもしれない。この世界を照らす、あの嫌になる光ときたら、どこからともなく差し込んできて、いつも同じ。この空に、昼でも夜でもない薄汚れた空間をつくっているだけなんだ。うん、空とはいっても、ここの空ときたら、たまに鳥が飛ぶことはあるけれど、息切れしちゃって。何にしろ、ずっと宙に浮いていなければならないんだから。必死に飛び続けようとするあまり、死んだ羽の塊《かたまり》がはがれて、落っこちてしまうこともある。そうなると、鳥は永遠に落ち続けることになってしまうんだ』

　誰も箱のふたを開けることはできませんでした。そのかわり、十万人以上ものひとが箱のまわりに見張りとして立ちたいと申し出ました。『もしかすると……』『万が一……』『たぶん……』仮説はどれも信じがたいものばかりで、サハラの空にエーテルが蒸発するかのように消えてゆきました。

　地上である程度経験を積んでから死んだ者たちは思いました。『あわてるな。ばかな考えに踊らされちゃいけない。ただの箱じゃないか。なかは空っぽかもしれないんだぞ』

でも、希望はどんどん膨らんでゆきます。どこからともなくある影が歩み出て、次の日曜日には（日曜日とはいっても、いつがほんとうに日曜日なのかについては、喧々囂々《けんけんごうごう》となることがありました）、本物の牡牛が現れて、皆の前で草を食べ、最後には、もしかすると鳴き声も聞けるかもしれない、と言い出しました。

「真っ黒で、少しだけ白い斑点のある立派な牛らしいぞ」

「僕は牛よりも、アングロ・アラブ種の馬が皆の前でトロットするのが見たいな。五分でいいからさ。そうしたら、その後何世紀だって、幸せな気分でいられるのに」

「僕は飼っていたフォックス・テリアが現れると嬉しいな。セーヌ・エ・マルヌの田舎を一緒に散歩してた犬なんだ」

「ああ、一緒に散歩を」

もうすぐ自分の身体を取り戻せる、生きていたときとまったく同じ姿に戻り、色あいも、体重もそのままだという噂が流れていました。

「おい、遅くとも四日目の朝までには、僕の出勤する姿が見られる。地下鉄シャトレ駅の階段を降りる姿が見られるようになるはずさ」

「そうなったら、俺は走るね。駅長が、お情けで出発の笛を鳴らすのをちょっとだけ待ってくれないかぎり、リスボン行きの列車に乗り遅れちゃうだろうな」

まるで、結婚式のときや、父の死を電報で知らされたとき、その他の冠婚葬祭のときのように、友人たちと互いの家に招きあって、様子を確かめあう人たちもいることでしょう。

「じゃあ、あなたも確信があるわけじゃないんですね」

「でも、ありうる話じゃないですか。わたしはけっこう可能性が高いと思っていますよ。いつまでも同じ状況がつづくわけがない。ちょっと、考えてみてくださいよ」

「何もかも、あの不吉な白い木の箱がいけないんだ」

「でも、大事《おおごと》ですよ。何しろ、十億人もの影がこれまで、確固たる肉体の存在を奪われてきたのですから」

しかし、その後は何の奇跡も起こらず、箱は何週間たっても、何ヶ月たっても広場にそのままでした。まわりを取り囲む見張りの数もだんだん減ってきて、ついには箱だけがぽつんと残りました。

大いなる期待が失望に変わり、人々は激しい落ち込みを隠すべく互いに避けあうようになりました。今まで以上に空虚感がつらくなっていました。影たちは孤独になりました。兄弟たちも互いに会わなくなり、夫婦も恋人たちも疎遠になってゆきました。シャルル・デルソルは、いつから自分が死んでいるのか、言葉通り「自分の影」になってしまったのか、思い出せません。彼は、死のほんの数日前から、マルグリット・デルノードに会っていませんでした。彼女が今も生きているかどうかすら、わかりません。

彼女と、初めてソルボンヌ大学の図書室で出会った日のことは覚えています。彼女はシャルルの向かいの席に座っていました。はけで撫でるようにさっと眺めて、彼女が黒髪だということがわかりました。そのあと、十五分ほど勉強をして（彼は哲学科の学生でした）、もう一度目をやり、目の色が本当は何色なのか確かめました。十分ほど勉強し、最後にもう一度、目をやって、彼女の手首と手を見ました。それから、しばらく目をつぶり、ちらりと見た断片を組み合わせて生きている人間の姿をつくりました。

彼は毎日、その女学生の向かいに座りましたが、声はかけませんでした。足が少し不自由だったので、臆病になっていたのです。いつも先に席を立つのは彼のほうでした。必死に速足で歩きます。ある時、彼女が本をとるために立ち上がりました。彼女も足をひきずって歩いています。

『これで声がかけやすくなった』と最初、シャルル・デルソルは思いました。

でも、そんな考え方、ふたりにはふさわしくないと思い直しました。『これで、かえって声がかけにくくなった』と彼は思いました。

マルグリット・デルノードは、無言のまま向けられる視線に気づき、不愉快に思っていました。足が悪い者同士仲良くしようなんて、とんでもないわ。

三月のある日、マルグリットが窓を大きく開けていると、シャルルの横にいた学生が、シャルルに小声で言うのが聞こえました。

「おい、寒いんだったら、ひと声かけて窓を閉めさせてもらえばいいじゃないか。そのくらい、当然だよ。君は病み上がりなんだし」

「いや、僕は新鮮な空気が吸いたいなと思っていたところだから。大丈夫」彼はそのまま動きませんでした。

彼は何とか寒さに耐えようと、見えないほどわずかに身体を動かし、肩や足の筋肉に力を入れたり、チョッキのなかに手を入れて胸をさすったりすることで、まずは少しでも体温を保とうとし始めました。でも、マルグリットは、まるで彼が勉強の邪魔だと言わんばかりに、苛立ちをこめた視線を彼に向けていました。そこで、彼はじっと動かずにいました。彼は死が自分の肩を、胸を、足を叩き、ついには彼を完全征服したぞと宣言するのを感じていました。家に帰るともう火を起こす力さえありませんでした。こうして、彼はその三日後に死んだのです。

天上についたあとも、シャルル・デルソルは、空の真ん中に浮かぶソルボンヌの図書室で勉強を続けていました。

ある日、彼がいつもと同じ席に座っていると、自分の向かいにひとつの影がいることに気づきました。そのシルエットは、マルグリット・デルノードに似ていました。

彼は思いました。『鞄《かばん》の持ち方も、ちょっと乱暴に見える開け方も同じだ。でも、顔はどうだろう。パリにいたときと同じように小さなケープを巻いている。僕に興味がなさそうなところも、地上にいたときとおんなじだ。でも、どうして、以前のように窓を開けようとしないんだろう』

彼は魂が透き通っていて、自分の考えがまる見えになっていることを忘れていました。灰色の女学生の影は彼の方に近づいてきて、死者特有の無音の声で言いました。

「ねえ、もしかしてあの日わたしが窓を閉めなかったせいで、あなたは死んだの？」

「あ、いえ、違います。タクシーに轢《ひ》かれたんです」

彼は考えが見透かされないよう、すぐに横を向きました。

数日後、ふたりは並んで図書館から出てきました。同級生たちは口々に言いました。

「あのふたり、まるで恋人同士みたいだな。ふたりとも足が悪いだけあってお似合いだぜ。ここでは、不便なことも役に立つみたいだな」マルグリットのぱんぱんに本が入った鞄も、ここではとても軽く、羽根よりも軽いぐらいでしたが、デルソルは彼女に鞄をもちましょうかと声をかけました。マルグリットは笑いましたが、彼はしごく真面目に言っていたのです。

彼女は、彼の申し出を少々滑稽に思いました。もう死んでからずいぶんたつ、天上の世界でも経験を積んだ学生からそんなことを言われるなんて、ますます滑稽だとは思ったのですが、それでも、鞄ごと彼に手渡すことにしました。

しかし、鞄を手にした瞬間、シャルルは腕に重みを感じたのです。かつて手だった部分に、何だか活力がわいてきました。シャルル・デルソルの身体はまだ灰色のままでしたが、光沢のある、光っているといってもいいような灰色であり、ばら色がかった灰色、もう灰色と呼べないような灰色でした。手が生えてきたような感覚がありました。それでも、彼はあわてて、この二本の気味の悪いものを服の下に隠そうとしました。二本の腕は、それぞれ五本の指を求めて動いています。

マルグリット・デルノードは思いました。「今日のあなたは何だか変だわ。もしかして、体調が悪いのかしら」

「そんなの、ここではありえないよ」

打ち消すしぐさをしようとしたら、手首がずきりと痛みました。その瞬間、鞄が手からこぼれおち、ずっしり重たいキシュラやゲルザーの辞書がページをひらひらさせながら、鞄から飛び出してしまいました。

驚いたマルグリットはまばたきをしました。地上の女の子がもつ本物の睫毛《まつげ》が、ぱちくりします。まだ顔の大部分は命がないままでしたが、目だけはかつてのような青い色に戻っていました。マルグリットは、まるで超人的な努力をしたあとのように、動けずにいました。やがて、ものすごい速さで鼻が、唇が、そして地上にいたときよりも少しだけ赤らんだ頰が戻ってきました。身体も裸ではなく、死んだ年、一九一九年の若い女性の服装になっています。

少し寒くて乾燥した日でした。青年と女学生の鼻からは呼吸するたびに白い湯気がたちのぼります。

近くにいる他の影たちを気にすることもなく、ふたりは取り戻した唇を長い間、重ねあっていました。それから、新しい歓喜の力に揺り動かされて、白い木の箱がある広場へと向かいました。

箱は簡単に開きました。手はかつての器用さを完璧に取り戻し、ふたをもちあげるくらいたやすいことです。そこには、地上で使っていたものがいろいろ入っていました。そのなかに、素晴らしく明確で、きれいに色分けされた天空界の地図がありました。地図はふたりを旅へと誘います。しかも、この地図には命がふきこまれ、若きふたりが目をやると、そこにはお勧めスポットやアドバイスがたっぷり詰まっているのでした。

訳注：なお、「空のふたり」には、「箱（boîte）」と「足をひきずる」「びっこを引く」という意味の動詞（boiter）を掛詞にした表現が出てくる。訳者の力不足と、誰かを傷つけるような表現を用いたくないという配慮から、このふたつの結びつきを充分に示すことができなかったことを付記しておく。

ラニ

Rani

たしかに、一族のなかで都会育ちなのは彼だけでしたが、彼がそのインドの部族の長に選ばれたのはそれが理由ではなく、断食の試練で勝ち残ったからでした。他の候補者が、ひとり、またひとりと脱落してゆくなか、ラニだけが、まるで干からびた丸太のように牛の皮のなかに横たわったまま、九日間を耐え抜きました。

断食が始まったときから、彼にとって時間は、文字盤のまわりに六人の若い娘が描かれた大時計のようなものでした。その娘たちが、四時間ごとに彼の元へ水とコカの葉を運んでくるのです。彼はコカの葉をわずかにしゃぶっただけでした。もう、嚙む力が残っていなかったのです。それでも、彼は、もう一度、婚約者のヤラの番が来るまでと断食を続けました。ヤラの目は、彼に「がんばって。きっと、素晴らしいことが起こるわ」と告げていました。

闇が近づいてくると、遠くのキャラバンの足音が聞こえたように思いました。まるで、彼のもとへやってこようと必死に進んでいるのに、いつまでたっても距離が縮まらないかのように、遠くから聞こえるのです。

断食の監視役たちが、かごを手にテントにやってきました。中には何やら光るものが入っています。ひとりが、ラニのまぶたを下ろし、もうひとりがまぶたを開けさせました。ラニの肝臓をつかみ、汁をすべて絞りつくし、外科医のような器用さで空《から》の注射針を腎臓に刺したりもしました。やがて、全員がなにやらぶつぶつ言いながら集まり、ラニの目の前で、衰弱した今にも死にそうなスズメをちらつかせました。

十日目の宵、永劫《えいごう》の眠りを意味する大きなラクダが枕元に横たわり、砂だらけの歯茎をむきだしにしているのが見えました。ラクダは、骨と皮にやせ細った足で、何度も立ち上がろうとするのです。動物たちは自分たちの番が来たら、人間の命を食いものにして生きてゆこうと、人間たちのなかや、人間のまわりで待ち構えているのです。このままでは、そうした動物たちの催促に負けてしまいそうだと思ったので、ラニは上唇が真っ白に、下唇が紫になってしまった唇をわずかに動かし、断食をやめる意志を示しました。

新しく部族の長になったラニは、数日後、まだ体力が回復していないというのに、一族の火のそばにいるヤラのもとへ行こうとしました。ところが、立ちくらみがして、かまどのなかに落ち、骨まで達するひどいやけどを顔に負ってしまいました。顔が半分燃えてしまい、ラニが通ると、誰もが顔を伏せるようになりました。まるで、どこかの悪魔に火かき棒を押し当てられたかのように、いつまでも燃えているような形相なのです。婚約者のヤラ（それでも、ヤラはまだラニの婚約者でした）がテントの前に立ち尽くし、じっとラニの顔を見つめたとき、ラニは、きっと彼女も自分から逃げようとするだろうと思いました。

それでも、もしやという期待が大きすぎました。ラニはまっすぐに、薪を取りに行き、肩に乗せた薪の束をヤラのあしもとに転がしました。彼らの部族では、これが愛のしるしなのです。最後の薪が二本、他の薪から少し離れたところに臆病で自信のなさそうな音を立てて落ちると、ラニは恥ずかしくなりました。ラニが顔をあげ、無傷だったまぶたを開くと、ヤラの姿はなく、まるで敵の部族に襲われたかのような悲鳴が聞こえてきました。

翌日、長老会議のメンバー六人がラニのもとにやってきたかと思うと、いっせいに背を向けました。ラニは、その態度と沈黙から、自分が部族の長ではなくなったことを知りました。

何週間ものあいだ、ラニは森に身を隠しました。ラニは鳥の羽根や卵、苔やシダなど、ありとあらゆる小さなものたちに興味をもちました。こうしたものたちは彼の姿を見ても怖がらず、彼がそばに行っても顔色を変えたりしないのです。卵の色は、夜明けの光を思わせました。鳥の羽根は、馬のように空を走りゆく雲の群れを思わせました。暗い夜のような色をしたシダは、みずみずしく、ラニはその葉のなかに不幸なその顔をうずめて、しばらく休みたくなったほどです。

鳥が死んでも羽根の輝きは生きていたときのまま、腐ることもありません。ラニは、羽根が好きでした。自尊心や希望を守り続けているような気がするからです。

ラニは、羽根の角質の細い管の部分や、羽毛のなかに何かメッセージがあるような気がして、言葉を探していました。誰も見ていないところで、自分の前にこうしたささやかなものたちを並べてみることもありました。珍しい木の葉や、輝く石たちを、トランプのひとり占いでもするように、並べてゆくのです。時おり、「ああ、そうだ。そう、これを探してたんだ」とつぶやくこともありました。

またあるときは、ものの色や形にいまだに囚われている自分の惨めさが嫌になり、扉も窓もない広々とした森のなかで空を眺めました。まるで、今にも壊れそうで、解読が難しい古文書を何とか読もうとするかのように、空を見るのです。『まあ、時間はたっぷりある。あわてる必要なんてないさ』とラニは思うのでした。

怯えきった深い闇の向こうにあるあの空まで、猫の小さな鳴き声や、木々のなかにさまよう人間の鼓動が聞こえるのだろうか。空の上では、どうやって進むべき方向がわかるのだろう。右も左も、前も後ろもない、ただ深さだけが続く宙《そら》のなか、めまいがするほかには、何の案内も、何のよりどころもないというのに。

ラニは、空の小石と地の小石のなかに何をみつけようとしたのでしょう。どうして、自分の腹を切り裂き、身体に秘められたものを探ってまで、答えを見つけたいと思ったのでしょう。

「いつか、もう少しましな顔に戻れるかなあ」

ああ、結局、彼が知りたかったのはこんな些細なことだったのです。なんでこんなことにもっと早く気がつかなかったのかと自分でも驚いてしまいました。変わり果てた顔に何度も何度も手をやったので、手の感触でよくわかっていたはずなのに。

ラニは蛇が好きになりました。ぐるぐるととぐろを巻く蛇は、自分しかあてにしておらず、口のなかにいつも死の覚悟を隠しているからです。

ラニはもういちど一族の者たちに会いたくなりました。ラニは茂みに身を隠し、存在を消すことができました。目や肌からわきあがり、ここにいるよと告げてしまうような存在感を心の目で見ても見えないほどに、すっかり消すことができたのです。草と土のあいだの暗い穴から、ラニは、動物たちを遠ざけるために火をたいているかまどを見つめ、思いました。

『今日、火を起こしたのは、グリ＝ヤだな。あのやり方は、確かにそうだ。ああ、でも、わたしには関係ないのだっけ』

就寝前のひとびとが、行き来するのを見ながら、思いました。

『いったいおまえたちはなんだ。人間たち。太っていたり、痩せていたり、乳房も腹も、足も！　わたしの一族だった者たちよ。反吐《へど》が出るような思い出しかないというのに、どうして、こうもさまざまな形をしているんだ？』

ラニは、かつての仲間たちから物を盗み取り、木や石などの、言葉で穢れていないものたちへの貢物《みつぎもの》とするようになりました。ある晩、ラニはつるや葉で顔のまわりを覆い、ヤラのテントに忍び込んで、彼女の鏡を奪いました。別の晩には、チッチャ酒に酔い、いちばんお気に入りの樹木にも宴を楽しんでもらおうとして、指を二本、自分の歯で食いちぎって捧げました。

出血が止まると、ラニは自分のことが前よりもはっきりわかってきました。

「これまでのわたしは、醜さがまだ足りなかったのだ」

ラニは指をなくした手を眺め、もう片方の手と比べてみました。無傷の手はこれまでよりも美しく見えました。これまで自分の姿を鏡に映して見るなんてことはするまいと心に誓っていたのですが、ラニはそんなことも忘れ、かまどの堂々とした炎の助けを借りて、ヤラの鏡に長いこと見入りました。彼の顔は、かつて、一族の者たちが恐怖の目を向けた〈あの顔〉のままでした。

ラニは、もう植物の根しか口にしていませんでした。不思議な力、ゆっくりした力、残酷な力が、彼を捕えるようになってゆきました。最初は液体のようだったのに、やがて確固たるものになってゆき、彼の頭も、身体も、ついには足の親指までがその力の言いなりになってしまいました。ラニは自分が悪意に毒されてゆくような気がしていました。

殺戮《さつりく》に味をしめるよりも、もっと恐ろしいことです。

　指が二本欠けている右手を上げ、ラニは一族の真ん中に歩み出ると、切り裂かれた唇の間から、これだけは変わらない明瞭な声をあげて叫びました。

「もどってきたぞ。今度はおまえたちが去る番だ！」

　一族の者たちはラニを取り囲み、動きませんでした。木を切っている途中だった者は、斧を振り上げたまま静止しています。ラニの心臓を矢で射抜いてやろうと思った男も二、三人いましたが、狙いもしないうちから、腕に力がなくなってしまうのです。

　女たち、娘たちは、我知らずラニに引きつけられ、彼に歩み寄ると、その足にしがみつき、欲望と絶望の思いで足に爪をたてました。ある娘は台所でトウモロコシをむいている最中だったらしく、片手にすりばちをもったままやってきました。別の女は、夫を振り切り、ぶるぶるという音が遠くまで聞こえるほど激しく震えながら、歩み出てきました。恐怖という樹木のいちばん高い枝まで登りつめたようなラニの顔へと、歩みを近寄っていきます。女たちは、三、四歩進むごとに木の幹や根にしがみつき、歩みを止めようとするのですが、自分でもどうしようもないのです。そんな女たちのなかに、ヤラもいました。

ラニはもう一度言いました。

「去れ！」

皆は、我に返り、逃げ出しました。

ラニは、テントや食糧や矢などが散らばるなかに残りました。ものたちも、自分たちが、この男の持ち物になったことが徐々にわかってきたようでした。ことがすべて落ち着くと、何億倍も孤独になったラニのそばには、〈これから生きてゆくべき残りの人生〉が、蛇のようにとぐろを巻いているのでした。

バイオリンの声の少女

La jeune fille à la voix de violon

ほかの子と同じような少女でした。目がちょっと大きすぎるような気もしましたが、ほんのちょっとのことなので、まあ、前にも似たような目を見たことがあったかと思えるほどでした。

子供のときから、少女はまわりが何か企んでいるような、皆が自分に何かを隠しているような、そんな気がしていました。少女は何をこそこそ話しているのかはわからないまま、家に女の子がいるとどこもこんなものだろうと、特に心配もしていませんでした。

ある日、木から落ちた少女は思わず悲鳴をあげ、自分の声が変なのでびっくりしました。人間の声ではないような音楽的なものだったのです。それ以来、自分の声に気をつけるようになり、ふつうにしゃべる言葉の底にバイオリンの響きが潜んでいることがわかってきました。それもミのフラットやファのシャープ、もっと別の場違いな音だったりするのです。話すときには、その奇妙な印象を消そうとするかのように、ごくふつうに相手の顔を見て話すようにしていました。

ある日、少年が言いました。

「おい、バイオリン弾いてみろよ」

「バイオリンなんてないわ」

それなのに、少年は少女の口に手を突っ込みそうな勢いで言うのです。

「そこにあるじゃないか、そこだよ」

バイオリンの声の少女にとってよその家に行くのは大変なことです。「ありがとう」「どういたしまして」と言うだけでも、喉から飛び出しかねない不思議な声をもって、野原でのお茶会や昼食会に出るなんて、簡単なことではありません。

少女がいちばん不愉快なのは、皆が大きな声で「なんて、きれいな声なんだ！」と言うことでした。

わたしのなかで何が起こっているのかしら。和音が不意にこぼれてくるので、心のうちが表に出すぎてしまう。まるで、話の途中で急に服を脱ぎ始めるみたいじゃないの。

『ほら、これがわたしのブラウス、ね、ストッキングもとるわ。ほら、すっぱだかのわたしを見ることができて嬉しいでしょう？』

とにかく目立ちたくないので、少女はたいてい黙っていました。出来るだけ簡素で、出来るだけ地味な服を着て、音楽を奏でる喉にはいつもグレー一色の幅の広いリボンを巻いていました。

『案外、話す必要なんてないものね』

少女が何も話さなくても、人々はそこにあの声があり、今にも飛び出そうとしているのを忘れようとはしませんでした。耳のいい同級生のひとりによると、少女はどんなときでも完全に沈黙することはないそうです。黙っていても、かすかな和音や、時にははっきりしたメロディまで聞こえるというのです。ちょっと気をつけていれば聞こえるのです。女友達のなかにはその声をうらやましがる者もありましたが、少女のことを心配し、自分たちもそうなったらどうしようと不安になる者もいました。やがて、どちらも、少女から離れてゆくのでした。

『沈黙さえ自分の思い通りにならないなんて！』

家族の知り合いの外科医に頼んで、喉や声帯を調べてもらいました。おそらく手術したほうがいいでしょう。でも、どこを？

医者はまるでのろわれた井戸を覗きこむかのように、大きく開けた口のなかをのぞきこみましたが、治療はしないことにしました。

『どこにいたのか知られたら大変なことだわ』

ある日、食事の時間に遅れたのをとがめる両親を前に、食卓につきながら少女はそう思いました。『わたしがさっきまで何をしていたか、思いもよらないでしょうね。不機嫌そうなお父さん、そして、あなたもよ、お母さん。物静かなようすをしているけれど、ちょっとしゃべれば、すぐに棘《とげ》をつき立て、毒を出す。もう、すっかり冷めてしまったポタージュの話なんかいいかげんにしてちょうだい。今日だって、ほんの数分遅れただけじゃないの』

食事の間じゅう少女は黙っていましたが、父親が問いかけてきたので、答えねばなりませんでした。

両親は驚き、顔を見合わせました。娘の声がふつうの声になっていたのです。

「もう一回、言ってごらん」

父は、出来るだけやさしい声で言いました。「よく聞こえなかったんだ」

でも、少女は赤くなって、ひとこともしゃべりませんでした。

食事が終わると、両親は寝室にこもりました。父親が言います。

「もし、本当に変な声が出なくなったのなら、親戚じゅうに知らせなくては。内輪でお祝いすることも考えなくては。もちろん、どうしてめでたいのかは内緒だが」

「もう数日、ようすをみましょうよ」

「なるほど。少なくとも一週間は待ったほうがいいな。慎重にいこう」

父親は毎朝、娘に新聞を読んでもらうことにしました。父親は、まるで別世界から届いた珍味を味わうように、娘の新しい声の抑揚を堪能しました。もし、また前の声に戻ってしまったらと考えると、頭がくらくらすることも、彼にとっては心地よいことだったのかもしれません。

ある日、そうして国際政治に関する長い記事を読んでいるうちに、少女は、いえ、今やもう女となった少女は、自分の声が同級生と同じような声になっていることに気づいたのです。そうなると、少女は、自分のなかの特別な和音を壊してしまった恋人のことを、つい、恨めしく思ってしまうのでした。

『せめて、あの人がわたしを本気で愛していたら』と思うのでした。

父親が訊ねます。

「おい、どうしたんだ。泣いてるじゃないか。その声のことなら、むしろ喜んでいてもいいはずなのに」

競馬の続き

Les suites d'une course

競馬界の紳士、リュフ・フロックス騎手、あなたはどうして、馬主を兼任してまで馬に自分と同じリュフという名をつけたのでしょう。血のしたたるビフテキのように頬を紅潮させている小柄な騎手のあなた、あなたはどうして、宙を駆けるがごとき灰色の細長い動物に自分の化身を見出そうとしたのでしょう。

いいえ、自分とはまったくといっていいほど似ていないからこそ、あなたは、火のついた矢を突き刺すように、自分の名をつけることで、馬を自分のものにできる、自分に従わせることができると思ったのでしょう。

パドックでしか自分の馬に近寄ろうとしない馬主が多いなか、あなたは違いました。レースの前夜ともなれば、厩舎《きゅうしゃ》に泊まり込み、馬にもたれながら、就寝前の馬に翌日のレースについて細かいアドバイスを囁きます。敏感な馬の耳のビロードでできているような穴に小声で話しかけるのです。

あふれかえる群衆を前に、馬とひとつになるのは何ともいえない喜びです。騎手の帽子は灰色。ドレスのように馬を包む毛の色と同じ、わずかに光沢が入った馬そっくりのグレーです。

オートゥーユ競馬場のアマチュア・グランプリを、リュフはスタートからゴールまで、先頭で駆け抜け、六馬身差で勝利しました。それでも、馬は興奮さめやらず、全速力でギャロップしながら、エクゼルマン通りを進み、オートゥーユの高架橋に沿って走り続けます。馬が一跨《ひとまた》ぎにする歩幅は、高架橋のアーチの幅と大してかわらないほどでした。

騎手のリュフと馬のリュフは、一緒にセーヌ河へとつっこんでゆきました。セーヌ河につっこむ瞬間、騎手のリュフは、馬のリュフが自分の股の間から消えてゆくのを感じました。ああ、ついに耳も見えなくなりました。対岸に這い上がってきたのは、騎手のリュフひとりだけでした。馬の姿はなく——少なくとも、騎手はそう思いました——、手のなかに残った一握りのたてがみと、拍車についたわずかな血があるだけです。

翌日、昼食のため、街に向かっていたリュフは、タクシーのバックミラーに映った自分の目が、あの馬の目にそっくりなことに気づき、愕然としました。心の奥で声が聞こえます。

「街なかで、ゆっくり食事だなんて、恥ずかしくないのかよ。おまえのせいで、俺はセーヌの水底に沈む馬の死体に成り果てているというのにさ。おまえは臆病にも俺を見捨てたのさ。俺を乗りこなせなかったせいだ」

「そんな。でも、セーヌまでわたしを連れていったのは君のほうじゃないですか」

「何だと、もう一回言ってみろ、ただじゃすまねえぞ」

「どうして、君はそんな口のきき方をするんですか」騎手は、おずおずと尋ねました。

「俺の黒い瞳がそう言わせてるのさ。俺を忘れるわけにはいかないぜ」

タクシーを降りる前に、リュフは睫毛の間のいつもの場所に、人間の目が戻ってきているのを確認しました。リュフは怖がりではなかったので、無造作なようすで運転手に金を払い、友人宅の呼び鈴を鳴らしました。正直なところ、友人と昼食をとることで、気分が変わるのではないかと少しは期待していたのです。

でも、友人は競馬の話がしたいからこそ、彼を昼食に招待したのです。テーブルには、三人の女性と二人の男性がいて、テーブルを壊さんばかりに身を乗り出して彼に興味津々でした。

「さあさあ、いったい何があったのか、ちゃんと説明してくださいよ。新聞を読んでも、それぞれまったく違うことが書いてあるんですから！」

騎手は答えました。

「お互い、友人でいたいのなら、その話はよしましょう。ついでに、ひとこと言っておきましょう。わたしはもう二度とレースに騎乗しない。いや、レース以外でも絶対に乗らない。馬はあっち、人はこっち。もう、縁がないってことさ」

リュフは笑いました。食器ワゴンのガラス部分に映った自分の目が、小さな人間の目であり、からかうような表情で輝いているのを確かめて、すっかり安心したのです。

昼食会の同席者たちは、リュフの言葉にも、その口調にも何やら妙なものを感じていました。それでも、はっきりとはわからないものの、何か深刻な理由があってのことだと思い、それ以上、追及しようとはしませんでした。原因不明の高熱に苦しむ病人の前では、病気の話をしないのと同じようなものです。

昼食会はじつに明るい雰囲気で終わりました。リュフが、この家の女主人に、素晴らしいもてなしのお礼を述べている頃には、もう、皆、馬のことなど完全に忘れていました。

リュフの態度はじつに優雅で、その上品な物腰があまりにも印象的だったので、女主人は、見送ったリュフの背中から黒灰色の馬の尻尾が生えているのを見るなり、神経の発作を起こしてしまいました。尻尾は上着のうえで、ばさりばさりと不愉快な音をたて、話に加わることが、嬉しくてしようがないとばかりに跳ね回っているのです。リュフ・フロックス氏は、ろくにさよならも言わずに逃げ出しました。道路に出ると、彼の姿は人間に戻っていました。そのまま数日が過ぎます。そして、ある日曜日のこと、吐き気とともにとんでもなく気分が混乱し、リュフは自分の肝臓や脾臓まで、人間離れしたものになってしまったような気がしました。でも、買ったばかりの三面鏡に自分を映してみても、とくに変わったところは見られません。

リュフは、婚約者に会いに行きました。金持ちでも貧しくもないアメリカ人の娘で、彼はこれまで彼女に夢中でした。ところが、今日は、牝馬《ひんば》に出会うたびに、目で追いかけずにはいられないのです。ついには、彼女に会うのを諦め、大きな厩舎を訪問したくなりました。

そこには、十数頭の牝馬がいました。ああ、婚約者のあの子が、この清潔でうつくしい厩で、自分と並んで藁の山に腰を下ろしていてくれたら、この温かくてちょっとだけつんとくるにおいの中で、手を握って幸せな気持ちになれるのに!

翌日から困ったことになりました。ベルを鳴らして朝食を運ばせる代わりに、彼はいななきで家政婦を呼びつけ、家政婦がトレーに朝食を載せて現れると、芸達者な馬がするように、じつに優雅で礼儀正しいしぐさで『角砂糖いっこ』をおねだりしたのです。自分の目の前に砂糖壺がまるごとあるというのに!

町に出ると、彼はわざわざ歩道を避け、自動車のあいだをすり抜けるスリルを楽しみました。

『最近は、みんな馬みたいになってきたもんだな』ほかの通行人たちも皆、自分と同じようなのだと思いたかったのです。

リュフ騎手は、何がなんでも誰かに話したいという気持ちで、いてもたってもいられなくなりました。胸のうちをすべて、婚約者に会って話そう、話さなければ!

彼の婚約者は言いました。

「馬になりたいですって? とんでもないことになったわね。でも、我慢する必要なんてないわ。本性に逆らうのはよくないもの。ストレスで病気になっちゃうから。ねえ、いっそのこと、馬になっちゃいなさいよ。今までどおり、ブーローニュの森でお散歩すればいいじゃない。念のため、乗馬服を着てゆくわ。いらっしゃい、鼻面にキスしてあげるから」

彼女は笑い、リュフの首に抱きついてきました。

「じゃあ、また、明日、ラヌラーグの並木道でね！」

もう彼を引き止めるものは何もありません。さっそく、その晩、リュフは馬になりました。夜が明ける寸前に足音をしのばせて階下に行き、ドアノブを器用に頭で押し開けました。でも、鞍も頭絡《とうらく》もつけていない馬が道を歩いていたら、人間が裸で歩いているのと同じぐらい、怪しまれてしまいます。

どこへ行こう。婚約者との約束の時刻にはまだ早すぎます。リュフは、夜が明けるまでずっと、犯罪者のように、警官を避け、ただの通行人でさえ、避けて歩きました。だって、人間というのはいつだって、あわてもので、馬が自由に歩いているのを見たら、警察に通報しかねないからです。

リュフは無事にブーローニュの森にたどりつきました。ここなら、食べられる草がたっぷりあります。前から、一度草を食べてみたいものだと思っていたのです。いい機会だと思いました。

『正直なところ、馬になってからのほうが落ち着くな。わたしはいったい何を恐れていたんだろう』

蟻がいっぴき、彼に近づき、足を這い上がってきました。

『蟻にとっては、わたしが馬でも人でも関係ないんだ』

牝鹿《めじか》がすぐ近くまで来て、彼を見つめています。

『まさか、わたしが人間だとは思ってないだろうな。いや、何も言わずにおこう。そもそも、鹿を相手にどうやって説明すりゃいいんだ。自分が本当に馬になったのかどうかさえ、まだ自信がないのに』

牝鹿は彼を色っぽい目で見つめ、彼のにおいを嗅ぎました。おや、わたしを牡鹿《おじか》だと思っているんだろうか。いや、むしろ警戒してるようだ。動物たちは互いににおいを嗅ぎあって、人間ではないことを確かめあっているんだろうか。

牝鹿は、後ずさりしながら立ち去ってゆきました。

ようやく、婚約者がラヌラーグの並木道に姿を現しました。わかっていたとはいえ、結婚の約束をした相手が、ここまで完全に馬になってしまうとは、彼女も本当にびっくりしてしまいました。

森の警備員が近くまでやってきました。馬は思いました。『ふふん、後足でけってやろうかな』

だが、警備員は彼にまったく気づきませんでした。

そこへ、シャツもなしに直接ぼろぼろの上着を着た哀れな男が、歩いてきました。

男は脇にロープを抱えていて、どう見ても、首を吊るための木を探しているとしか思えません。

馬はロープの方をさしていななき、婚約者に知らせようとしました。

「あら、おじさん、ロープなんてもって、どこに行くの？」

「ふん、あんたには関係ないだろ」

男は急に怒り出しました。婚約者はできるだけやさしい声で言いました。

「確かに、それはそうだけど。でも、もしや、と思って……」

「もしやじゃなくて、その通りだよ。俺は自分の木を探しているだけさ、放っておいてくれ」

「そんなことしちゃだめよ。ねえ、おじさん」婚約者は見知らぬ男を安心させようと言いました。

「そのロープをわたしに売ってくださいな」

「高い買い物になるよ。きっと、後悔するよ。このロープは縁起が悪いしな」

笑みを浮かべた男はますます哀れに見えました。その笑みも、今は、びっしり生えた濃いひげのなかに消え行こうとしているのです。

数分後、女性と、馬と、ロープと、首吊りを逃れた男は、ポルト・ド・ドーフィヌの厩舎に向かって歩いていました。男の手には馬をつなぐロープがありました。男は、ロープを握る手のひらに心地よい温かみを感じていました。

リュフ騎手は、馬車馬になるのもつらいとは思いませんでした。彼は毎日のように婚約者と散歩し、日々はのんびりと過ぎてゆきました。

彼女はまるで御者に命じるかのように言いました。

「ブーローニュの森までお願いね。ビュジョー通りから行って。途中で、クリーニング屋に寄らなきゃならないから。すぐにすむから待っててね。そのあとは、ロンシャンをぐるりとまわって、アカシア通りから帰ってちょうだい」

こうして、もう道順は大丈夫とばかりに二輪馬車に乗り込むのです。

ある日、馬車に乗ってきた婚約者は、ひとりではありませんでした。一緒にいた若い男は、ポケットから煙草まみれのパンくずを取り出し、じつに無礼な態度で馬にむかって差し出しました。

ぶしつけな闖入者《ちんにゅうしゃ》は、散歩のたびについてきました。ふたりの会話に気をとられるあまり、馬は足を進めるのを忘れたぐらいでした。それでも、この青年がただの同級生でしかないことは見ればわかりました。一緒に森を散歩して、それだけの仲です。

ある日、角を曲がろうとして、うまく曲がれず、歩道に乗り上げてしまった拍子に、青年の怒った声が聞こえました。

「まったく、恋人を寝取られて情けない奴だなあ。君の言うとおりだ。さっさと去勢しちまおう。こいつ、俺たちについて知りすぎている。あの疑い深い耳ときたら、俺たちの話をひとことも漏らさずに聞いてるにちがいない」

これを聞いた馬は、道路脇の低木をひっくり返し、乗っていたふたりをプラタナスの幹に叩きつけました。青年は頭を陥没させ、そこに倒れています。彼女はといえば、青年から数メートル離れた草地までふっとばされ、愛らしい人差し指を、恋しい青年のほうに向けながら死んでしまいました。

リュフは人間の姿に戻りました。グレーのスーツ、馬の毛色にそっくりな新品のグレーのスーツを着ています。

リュフは、馬車につけられた首馬具と曲がり棒の下でじっと動かず、梶棒のあいだからふたりの様子を見つめていました。馬銜《はみ》や鎖をはずそうとしましたが、革帯や手綱がついているのでなかなかうまくとれません。なにしろ、彼の動きはまだ馬めいていましたし、それに……。

足跡と沼

La piste et la mare

草原《パンパ》の舗装されていない無人の道を、男がひとり歩いています。二つの布袋を左右の肩から胸で交差させるように斜めにかけ、手にも旅行鞄をもっています。まわりには広大な風景が広がり、熱気で輪郭が少々ぼやけておりましたが、どうも東方系の男で、つい最近祖国を離れたばかりだということが見て取れます。

男は、追っ手を気にするかのようにたびたび振り返りながら歩いています。小さなパイプから出る元気のいい煙が、ぼんやりと形を変えながらも彼のまわりを包んで流れてゆきます。

ここからかなり離れたところにある農場の話を聞き、朝からずっと見果てぬ地平を目指して歩いているのです。足元には、たくさんの足で踏み固められた道がありました。羊や牛、馬の群れがいくつも通り過ぎていった跡です。足跡の散らばる誰もいない道。動いていったものたちが残した、何も動かない世界。騒々しさが去り、疲れが出たかのように静まりかえった世界。

こうして、農場から農場へと何日も旅してきました。夜になると、一日じゅう歩いた異邦人の身体を横たえるだけの場所をみつけ、そこに寝ます。彼が眠らずにいると、地上の眠りを見張る鳥たち、フクロウやミミズク、さらには宙に巣をつくるため、人類には知られていないその他の鳥たちが、月の同意を得て、時計代わりになってくれます。

男が向かっているサン・チブルシオの農場の納屋では、皆で羊の毛を刈っていました。冷たいハサミの息遣いを感じると羊たちは目を閉じます。ハサミは、繊細な乳房を切り落としそうな勢いで、おなかの真ん中を走り抜けます。とびちった羊毛が鼻先に落ち、毛皮の残香《のこりが》をずっと嗅いでいる羊もいます。羊たちの目玉はどれもガラス玉のようで、別の羊のものと取りかえてもわからないぐらい、同じような表情です。押さえつけられている体の恐怖感まで、どの羊もおんなじでした。

トルコ人の男は、相変わらず歩き続けていました。ベルトにはさんだニッケルの時計は旅を続けるうちにすっかり熱くなっていました。時計の針は五時を指しています。

でも、男は、もっと遅い時刻のように感じていました。男は足を速めます。相手をすでにしばらく待たせているかのような、誰かが部屋の真んなかに彼のための椅子を用意しているかのような急ぎ方です。


サン・チブルシオの納屋では、羊の毛刈りが続いています。

ほら、あの左側でかがんでいる男、あれがきっと農場主のファン・ペーチョです。作業で上着がめくれあがり、ベルトから下がった、牧童たちのものよりずっと大きな刀が見えています。背が高く、でっぷりとしていて、毛を刈るにも身体が重そうです。身体じゅうに、だるい感じがつきまとい、どんなに真剣に働いているふりをしても、怠け心が彼の耳元で囁きかけるのです。朝目が覚めた直後から、だるさは一日じゅうずっと彼につきまとい、ようやくだるさが彼を離れてそこらをひとまわりするのは夜、ペーチョが眠りにつき、怠惰を本当に必要としなくなったときだけ。ペーチョの下唇には、もう五、六年前からそこに貼りついているような色あせた短い吸殻が載っています。

ペーチョは毛を刈るのが下手で、しかも気が入っていません。時々、罵詈雑言《ばりぞうごん》が口

をつき、まばらなあごひげのなかにまぎれてゆきます。彼に刈られた羊たちは、自分に重くのしかかるこの影を、ずっと忘れることはないでしょう。屈みこむ身体も、ばっさり切り込む刃物も、牛のような激しい息遣いも。ペーチョはいっそのこと、羊を絞め殺したい気分でした。そのほうが手っ取り早いし、ここパンパで、婚約者がいて、浮気もしない牧夫《ガウチョ》にとっては、血を見ることこそが唯一の娯楽なのです。

トルコ人の男の耳に、ようやく犬の声が聞こえてきました。これまで何時間も、男のまわりにあったのは、パンパの風だけでした。もっとも、そのパンパの風も彼のことを、妙な人間だと思っていたかもしれません。何しろ、誰もが馬で移動するこの国で、てくてく歩いているのですから。ペーチョと子供たちが男に気がつきました。遠くから見ただけで、どこの国のひとで、何を思い、どんな性格か、推測がついたようです。

男は小間物《こまもの》の行商人でした。皆、彼のもっていた箱に目を奪われます。男も女も子供たちも、全世界共通で、箱が好きなのです。地球が箱を求めているのです。運命が生まれ、身を潜め、策を弄する場所のひとつが、箱なのですから。

フアン・ペーチョは、しめたと思いました。ペーチョは、そこにつないであった馬の鞍にまたがりました。いつもそばに馬をつないでおくのは、未来のチャンスを逃したくないからではなく、ただ単に十五歩以上歩くのが嫌なのです。

ペーチョは口元で煙草を転がしながら、見知らぬ物売りの男に近づいていきました。

「ブエナス・タルデス、行商の者です。商品をごらんになりませんか。何でも承ります」トルコ人の男は一生懸命、スペイン語で話そうとしていました。「わたくし、アルゼンチン共和国で、たくさんの外国の有名な店の代理店をしています」

「ふふん、代理店ねえ」農場主は、男の肩にさがる鞄に目をやりながら、苦笑いを浮かべました。

行商の男は、嘘がばれて目を伏せました。空腹と外の空気がつい、彼にそう言わせたのです。

「ついてこい」ペーチョは手綱を取り、方向を変えました。ペーチョは、男を納屋の近くに連れて行こうか台所のほうに連れて行こうか、迷っていました。でも、農家のドアから妹フロリスベラのどっしりと横幅のある姿が現れたので、心を決めました。

「おい、このトルコ人が今夜、泊まるぞ。夕食のあとに、こいつのもってきた商品とやらを見るとしよう。それまで待ってろよ」

そして声を潜め、付け加えました。

「気をつけろ。何かくすねるつもりかもしれん」

行商の男はフロリスベラに水をもらい、アザミの向こうに姿を消しました。

男は身体をざっと洗い、髪に櫛を入れ、香水をつけて戻ってくると、夕日を真正面から眺める椅子に座りました。すぐそばでは、フロリスベラがマテ茶を飲んでいました。

ふたりとも夜の訪れに気をとられ、何もしゃべらずにいました。星の光は、日の名残にかき乱され、なかなかはっきりと見えません。毛刈りのため、子羊と引き離されていた牝羊たちが、夕暮れの牧場で子羊を探しています。地面から空まで、星とホタルの光がちりばめられ、羊の一声だけが長く長く響いていました。

行商の男は疲れが出てきました。誰かが放った矢がこぼれ飛んできたかのように、男の頭にある考えがひらめきました。男は、ポケットのなかのリボルバーを確かめました。ちょうどそのとき、ペーチョの声が聞こえました。ペーチョは、フロリスベラの三人の子供たちを連れて家のほうに戻ってくるところでした。子供たちのなかでいちばん年上のホラシオは十二歳で、もう大人の男の顔をしています。彼は、ひどく足をひきずって歩いていました。歩いてくる彼らを犬たちが取り囲んでいます。

ペーチョが投げやりな調子でしゃべっています。

「だめだめ。夕食のあとでなきゃ、だめだ。あのトルコ人の行商人が、テーブルの上に商品を並べるから、ゆっくり見ればいいだろう」

フロリスベラも賛成しました。男は自分もすぐに返答しようと思ったのですが、スペイン語はよく聞き取れなかったので、数秒かかって、耳の奥の記憶とこっそりと照合したうえで、ようやく何を言っていたのか理解したのです。

台所と食堂を兼ねた広い部屋に全員が集まりました。

「そこだ」ペーチョは、男に隅の席を指し示しました。

八匹いる雑種の牧羊犬が、一匹ずつ、よそ者のにおいを嗅ぎに寄ってきて、男の荷物のうえで後足をあげて小便をかけようとします。男は、丁重な態度で犬を追い払いました。

部屋では、皆、小声で話していました。フロリスベラと、その父親である、白いひげのとても品のいい老ガウチョは、行商の男も家族と同じテーブルにつかせようとしました。子供たちも「そうだよ、そうしようよ」と口々に言います。

だが、ペーチョは乱暴な声で言いました。

「こいつは、そこの隅で、ひざをテーブルがわりに食えばいい」

彼は内心思っていたのです。『家に入れてやっただけでもありがたいと思え。おい、よそ者《グリンゴ》、おまえなんか、地面に立っていられるだけでも幸運なんだぞ。ゆきずりの奴のくせに、やってくるなり、身づくろいのために水をもってこさせるなんて、何様のつもりだ、この幽霊野郎。外で足まで洗いやがった。まるで、足が汚れるなんてがまんできないとでもいう様子で』

フアン・ペーチョは納屋から、男の行動を見ていたのです。男が、夕暮れのなか、赤い縞模様のタオルで身体を拭くのを見ていました。

肉が焼け、フアン・ペーチョとその家族はテーブルを囲みました。男は、隅に座っていましたが、男のきれいに洗った足は、痩せていて、悲しそうでした（商売上、笑顔でいなくてはならないとき、悲しみという人間的な感情は、身体のどこか別の場所に隠れているのです）。

肉の芳ばしい匂いを嗅いでいるうちに、男は自分が、この旅暮らしを気にいっていることに思いあたりました。そして、自分のアリ＝ベン・サレムという名前と、両親や祖国への愛情、その他の言葉にならない気持ちや、これまで生きてきたなかで印象的だった出来事を、一度に思い出したのです。

足腰の疲れも尊いものに思えてきて、彼は疲れを友のように感じました。

ファン・ペーチョが牛耳《ぎゅうじ》るテーブルでは、人々が、屋根があり、明日が保証されている生活のありがたさを見せつけようとしていました。目の前に旅人がいるからこそです。皆、これみよがしにフォークを使っていました。というのも、隅の席の男は、ナイフしかもっておらず、口にくわえて肉を切っていたからです。フロリスベラの子供たちは男のあごの動きから目を離しませんでした。

夕食が終わり、五分ほど沈黙が続いたあと、ようやく、ペーチョが言いました。急いでいるところを見せまいとしていたのです。

「さて、見せてもらうとするか」

子供たちが大急ぎで牧童たちを呼びに行きました。やがて、牧童たちも集まり、商品が並べられると、フロリスベラの父、フロリスベラ、ペーチョは立ったままじっと動かず、砂漠のように厳しい目を向けていました。テーブルの上には、小さな箱に入った黄金に輝くまがい物の金属製小物（ブローチ、ブレスレット、イヤリング、お守り）が微笑んでいます。アリ＝ベン・サレムの唇に浮かんでいるのと同じ笑み、まるで示し合わせているかのような笑みです。最初は鉱物のように商品に見入っていた人たちも、だんだん人間らしさを取り戻し、動き始めました。

金のきらめきはゆっくりと見ている人の心に入り込み、魂を覆いつくします。右から左へと洗面道具、裁縫道具、新色の化粧品まであらゆる小物が並び、テーブルの上には、突然、都会的な春のにぎわいが訪れたかのようです。

「どうぞ、お手にとってごらんください」行商の男は言いました。

鯉がパンくずに群がるように、日に焼けた農民の手がわらわらと商品に群がります。皆は時おり、ちらりちらりとペーチョの顔色を窺っていましたが、ペーチョはまだ何も言いません。

顔をふちどる彼のひげは、その日、いつにもまして伸び放題の無頓着《むとんちゃく》な有様でした。ペーチョは安全かみそりの入った箱を手に取り、ほとんど黙ったまま、行商人が使い方を説明するのを聞いていました。今度の日曜日に、婚約者エステル・ラノスの家に行くので、きっちりひげを剃っておくほうがいいと思ったのです。

「安全かみそりはいくらだ」

「たったの三ピアストルです。シルクみたいにすべすべになりますよ」

「三ピアストルだって。一ピアストルにまけろ」ペーチョの声には、すごみがありました。

行商の男はやんわりと繰り返しました。「それは無理です。とても無理です」消えそうになる笑顔を百回も作り直しながら、繰り返しました。シャツに隠れた彼の毛深い胸が、一緒になって、胸は胸なりの方法で拒絶を示していたことを、誰が想像したでしょう。

ペーチョは安全かみそりをじっと見つめたまま、考えました。『三ピアストルだと？　この光る金属のかたまりが、ふかふかの毛をした羊一頭ぶんと同じ値段じゃないか』そのあいだにフロリスベラとその父、牧童たちは買い物を終え、揺らぐことのないランプの明かりのもと、ポケットからポケットへ、銀貨が移ってゆくのが見えました。

ファン・ペーチョの寡黙な怒りは、その場の空気を毒してゆきます。

牧童たちは部屋を離れてゆきました。粗末なベッドに座り、そのままじっとしています。

行商の男は商品を片付けます。でも、安全かみそりは残しました。ペーチョの暴力的な欲望を見て、手放すことになりそうだという予感がしたからです。

老父は何も言いませんでした。女性も子供たちも死んだように動けずにいます。

「なぜ、そんな目で俺を見る！」ペーチョは叫びました。

椅子を戻す音が響きました。こちらを見ていた顔が、背中にとってかわり、その背中も、ひとつ、またひとつと、夜の闇にむかって開かれた扉の向こうへと消えてゆきます。

あとに残ったのは、ファン・ペーチョ、安全かみそり、トルコ人の男だけです。

ファン・ペーチョは行商人を追い出そうかと思いました。でも、それには理由が必要です。少なくとも、何か言わなくては……。いや、こっちのほうが手っ取り早い。

ペーチョは、一歩、足を引くと、目の前にある首筋にナイフを突き刺しました。

行商の男は、両腕を伸ばしたまま、前のめりに倒れました。まるで、不意に死という穴のなかに落ちて、けがをしないように手を伸ばしたみたいに見えました。

夜の化身のように犬が部屋に入ってきました。何か使命を果たしに来たようです。犬は男のにおいを嗅ぎ、死んでいることを確かめると、自分の影を踏みながら出てゆきました。

ペーチョは安全かみそりを手に取りました。男の鞄を開け、石鹼を取り出すと扉を閉め、血の跡を見えなくするためにランプを消しました。

ペーチョは隣の部屋に行き、ていねいにひげを剃りました。鏡に映る新しい自分の顔は、海の向こうからほとんど忘れていた遠い親戚が訪ねてきたかのようで自分でも驚くほどです。

ペーチョはときどき、背後の扉を振り返りました。扉の向こうでは、死体が、動かぬ旅へと準備万端整えて待っています。ファン・ペーチョは、ひげを剃り終えると、死体に近づきました。ボタンのはずれた上着の間から、真新しい革製の太いベルトが見えました。

とつぜん、ファン・ペーチョは眉をひそめました。こいつは中身を確かめておかなくてはならんな。バックルをはずすと、金貨が騒々しい音をたててこぼれ落ちました。まるで、毛布の下に押し込んでも漏れてくる目覚まし時計のような音です。

ペーチョは、テーブルの上の金を数えました。二十リーブル・ステーリングありました。ペーチョは、金を見てひどく不機嫌になりました。金のために殺したわけじゃない。俺は泥棒じゃないんだ。こいつの鞄に入っている雑多な商品にも興味がない。こんなの、目先、手先を楽しませるため、外見だけのものさ。

ペーチョはこの金を欲しいとは思いませんでした。この金は、死んだ男とどこかの誰かをつないでいたものだからです。そのどこかの誰かは、もしかすると、今晩、ふと疑いを抱き、ベッドのなかで寝返りをうち、電気をつけ、時計を見て、世界のどこかで何か重大なことが起きたことを感じ、調べに行かなくてはと思うかもしれません。そのとき、ペーチョはふと思いつきました。そうだ、この金を善行に使おう。

ペーチョは、足の悪い甥っ子の貯金箱に金貨を一枚ずつ入れてゆきました。浄化された金貨は、これで天使の側に向かったはずです。

フロリスベラと牧童たちの払った金はそのまま男のポケットに残しておきました。良心の呵責《かしゃく》から解放されると、ペーチョは、面倒がりながらも悪い感情をもたずに、男の鞄や袋を見ました。それから、鞄や袋のなかみを全てテーブルの上にぶちまけ、いくつかの山に分けました。

「愛する妹、フロリスベラへ」ペーチョは不器用な手つきで紙切れに書き付けます。

「いたずらっ子のマリキータへ」

「かわいい甥っ子、ファン・アルベルティートへ」

「尊敬する父へ」

「ファン・ペーチョへ」


長い革紐を男の首に結ぶと、ファン・ペーチョは馬にまたがり、闇のなかを進んでゆきます。慎み深い闇は、彼に道を譲るかのように左右に飛び散ってゆきます。ペーチョはすぐ近くの沼に死体を投げ込みました。二羽の鴨が、南十字星の方角に飛び去りました。

死体の首に石を結ぶことも忘れませんでした。ペーチョは農場に帰りました。そのまま眠りに落ち、明け方、彼が見ていた最後の悪夢をついばみにきた鳥の声でようやく目を覚ましました。

水底で眠っていたような冷たさを感じ、ファン・ペーチョは沼の上に日が昇るのを見つめます。そして、あのトルコ人は、沼でおぼれたのだと自分に言い聞かせました。

『うん、だから俺は、あいつのもっていたものを、皆で分かち合うことにしたんだ。沼に捨てたら、誰の役にも立たなくてもったいないからな』

『俺はうまくやったんだ』


フロリスベラは、男が倒れる音を聞いていました。彼女は血のついた床に、外の土を少しだけ撒きました。それから、背を向け、祈り始めました。

ファン・ペーチョは、牧童たちが誰も納屋に行かないことに少したってから気づき、驚きました。毛刈りの賃金を払っていないのに、牧童たちは三人とも、夜明け前に姿を消していたのです。

四日後、フロリスベラが兄に歩み寄り、耳元で言いました。

「浮かんでるわよ」

ペーチョは、飛ぶように沼へ駆けつけました。もういちどトルコ人を殺さねばなりません。

腹をふくらませ、頭をのけぞらせた、あの男の死体が鉛色になって、これ見よがしに浮かんでいるのです。

首の周りにもうひとつ石をつけ、腹を割いてガスを抜くと、男の死体は再び、目に見えない冒険へと旅立ってゆきました。

そして、農場に帰ろうとしたファン・ペーチョは、歯ブラシや櫛、ヘアピン、石鹸、タオル、指ぬき、アクセサリー、靴墨の缶が地面に散らばっているのに気がつきました。殺人を犯してから今日まで気がつかなかったのです。

「こいつを全部、ひろい集めろ。この人殺しのガキどもが！」

ペーチョは甥っ子たちに怒鳴りました。

「おい、浮かんでないか見てこいよ」ホラシオがマリキータに言いました。

「おまえが行けばいいだろう」

「俺はさっき行ってきた。今度は、おまえが行けよ」

こうして順番を決めて、沼を見回りに行かなくてはならなくなりました。その後、アリ＝ベン・サレムがあらたに地球の表面の世界に闖入《ちんにゅう》してくることのないまま、八日間が過ぎました。

九日目、農場の入り口に騎馬警官が二人連れで現れました。物静かで、痩せていて、垂れている口ひげはまるで、つけひげのようです。同じ任務を背負った彼らは、びっくりするほど、同じいでたちをしていました。

「さて、行こうか」手錠を手にした警官が言いました。

警察の護送車が、沼の前を通り過ぎたとき、ファン・ペーチョは、アリ=ベン・サレムの死体が浮かんできたわけではないと知りました。じゃあ、どうして警察が来たんだ？　牧童が通報したはずはありません。体面を気にする彼らが、自分の雇い主を告発するはずはないからです。フロリスベラが通報したはずはないし、農場のほかの住人にしても、考えられません。

警官に、誰かに殺害現場を見られた覚えはないかと尋ねられ、ファン・ペーチョはとつぜん思い出しました。

「ああ、セニョール、犬が見てましたっけ」

ノアの箱舟

L'Arche de Noé

洪水前、書き終えたばかりの宿題のインクを乾かそうとした少女は、吸い取り紙がすっかり湿っていることに気づきました。いつも乾いていて、水分を吸い取ってくれるはずの紙が、びっしょりと濡れているのです。少女は思いました（彼女はとても優秀だったのです）。この吸い取り紙、何か変わった病気にでもかかったのかもしれない。別の吸い取り紙を買うお金がなかったので、少女は、ピンク色の薄紙をお日様の光で乾かそうとしました。ところが、お日様の力をもってしても、この陰気な湿り気を取り除くことができないのです。すぐ横では、宿題のインクがちっとも乾こうとしないまま残っています。

まるで奇跡のようにありえないことでしたが、とくに意味があるとも思えません。そんな珍事にみまわれたことを恥ずかしく思いながら、少女は暗い気分で先生のところにゆきました。片手には吸い取り紙を、もう片方の手にはいつまでも乾こうとしない反抗的なノートを開いたままで。だって、現物を見せる以外に、説明のしようがないんです。絶望した少女は、女教師の目の前で、全身が涙となって消えていってしまいました。

ユダヤの町とその周辺では、このような不幸がいくつもいくつも起こっていました。これまで、誰よりも勇敢に水と闘ってきた炎、人間たちの灯《とも》してきた炎が、どう見ても弱々しくなってきていました。とさかのような赤いゆらめきも、情熱的な性格もなくし、近くにものをかざされても、乾かすことができないのです。あちこちで死者が出るようになりました。頭のなかにも、おなかのなかにも水がたまって死んでしまうのです。指先にできた小さな水疱は、悪い水が身体じゅうに溢れ出す前兆です。悪い水は少しずつ、これまで血が流れていた管に満ちてゆくのです。

そんな水の悪夢は、瞬く間に植物の世界にも広がりました。草も葉っぱも枝も幹も一日に何度も、身の丈いっぱいにたまった水を吐き出すのです。誰もかれも、何もかもが同じことをし始めました。砂漠の砂粒まで、水を吐くのです。水の入った器と、水そのものの区別ができなくなるほど、水が溢れてきました。神の怒りはそれほどまでに大きかったのです。

町のえらい人たちは汗がとまらなくなりました。そして、こうした現象は、もしや、ずいぶん前から予言されていた洪水と関係あるのではないかと思い始めました。

でも、ちまたの知恵ある人々は、こう言い続けていました。「雨が降り出さないかぎり、まだ希望はあるさ」

しかし、天候を心配するあまり、はげてしまった町長さんの頭の上に、ついに最初の雨粒が落ちてきました。もうこれで終わりだと、人々は思い知らされました。別に、その日は大雨になったわけではないのです。でも、あちこちで降り始めた雨は、濡らす力が実に強大で、ほんの数滴の雨粒でも、道を進んでいた農民と荷車と馬を溺れさせてしまうほどだったのです。

ノアは、洪水前から箱舟を造りはじめていました。ていねいに、知恵を働かせて造りました。あんな立派な船があるなら、ここに降らせても無駄だと思ったらしく、雨のほうが、ノアの周辺を避けて通ったくらいです。

ノアの箱舟に乗る動物たちは、雄と雌、二頭ずつやってきました。ずいぶん遠くから来た者もいます。大洪水を避けることができる幸せな動物たちは、ノアの箱舟の乗船階段を昇りながら、夫婦で言い交わしました。「誰だか知らないけど、ありがたいねえ」

船のなかは、濡れた動物の匂いがたちこめていました。甲板はもうぎっしりで、皆、小さく身を縮めていました。ふだんならニューファンドランド犬いっぴきがやっとのスペースに、象が身を縮めて収まっているなんて、信じられない妙技です。

ふと、あたりを見回すと、じつに皆の手本となるような光景がありました。優しいクロコダイルの大きな口をゆりかごにして、子豚がすやすやと眠っているのです。獰《どう》猛《もう》な野生動物の毛皮と、白いふわふわの羊毛も、何気なく身を寄せ合っていました。まるで、とくに話をするわけでもないけれど、そばにいることが嬉しい幼友達のようです。

ライオンが子羊を舐めることはありましたが、別に食べたくてそうしているようには見えないのです。で、ライオンに舐められている子羊はというと、他にどうしようもないので、口のなかのひと束の草を、ていねいにていねいに嚙み続けていました。動物たちの喜びは、ふだん、毛や羽毛やうろこのせいではっきりと目には見えないものなのですが、今日ばかりは、どんな動物たちも頭からしっぽまで、当たり前のように光り輝いているのでした。

はしけでは、船に乗れない者たちがノアの同情を買おうと必死でした。「乗せて乗せて！　場所は取らないよ！」ノアは答えます。「沈没したらどうするんだ」「大丈夫だって、命かけて誓うから！」死を目前にし、何千人もが叫んでいました。「お元気で！」それがノアの最後の返事でした。

何とか乗せてもらおうと、さらに知恵を絞る者もいました。軽業師《かるわざし》の家族もそうでした。お揃いのピンクのレオタードを着ていましたが、雨のせいで色が落ちてしまっていました。彼らはこのあたりでは有名なスターですが、国が水に沈む以上、そんな名声は役に立ちません。何とかして箱舟に乗り遠ざかってゆく幸せな者たちの心を動かそうと、危険な技に賭けました。甲板の手すりの向こうにいるあらゆる観客を前に、人間ピラミッドを組んでは崩し、組んでは崩しを繰り返しました。てっぺんに立っているのは、三歳のお嬢ちゃんです。すでにして、下で土台をつくっているおじいちゃんと同じぐらい器用なものです。

「あらよっと」「がんばれ！」「ゆっくり！」といった掛け声にあわせて、腰が砕けそうなジャンプや、信じられないほど完璧な宙返りが繰り返されました。それにしても、あのハンカチ！　彼らが投げ合うハンカチは濡れていましたが、それでも、彼らはそのハンカチで、確かな技を決める手の汗をぬぐうふりをしていたのです。

大人から子供まで、軽業師の家族は全員、唇に愛想良く笑みを浮かべていました。まったくこびることのない、職人気質《かたぎ》を感じさせる笑みです。「乗せてやろうよ。乗せてあげてよ。船旅の気晴らしにもなるしさ!」「あのチビちゃんを見てごらんよ。まあ、かわいいこと!」丈夫さを見込んで梁《はり》に使った箱舟の木材までもが、自分の足元で危険なほど軽業師たちに同情しているのを、ノアは感じました。でも、甲板にはもう場所はなく、あるのは後悔と、どうにもならない心の重さばかりです。心では泣きつつも、目には涙を浮かべることなく、ノアは舫《もや》い綱を解くように命じました。

鍛えあげられた肉体の軽業師たちは、それでもまだ、疲れ知らずに見事な速さで次から次へと頭を飛び越え続けていました。やがて、空から水が降ってきて、彼らを苦行から解放してくれるでしょう。だって、雨が降りだしたら、一瞬のうちに彼らの名は生者のリストから抹消されてしまうのですから。しかし、甲板の手すりから身を乗り出した者たちは、水の底に沈んでもなお、軽業師たちが人間ピラミッドを組んでは崩し、組んでは崩しを繰り返しているのが見えたような気がしました。箱舟に乗れなかった動物もいました。ノアは嘘の出航時刻を教えておいたのです。

乗船用の渡し板がはずされてから、オオナマケモノがやってきました。

「ノアともあろうものが、俺を忘れて出発するなんてひどいじゃないか」

力自慢のオオナマケモノは叫びました。

ノアは悲しそうに答えます。

「忘れたんじゃないんだ。おまえの運命は、洪水前の世界で終わっているんだよ。洪水が始まった以上、もうどうしようもないんだ」

「どうして、俺が箱舟に乗れないんだ。俺は重要な動物だぞ。とんでもない話だ。ノア、おまえのせいだ。このままじゃ、俺が生きていたことなんて、いつか皆に忘れられてしまうじゃないか」

「安心したまえ、オオナマケモノ君、君たちの頸椎《けいつい》が残って、研究の対象になるよ」

箱舟が扉を閉め、スピードをあげて遠ざかり始めると、オオナマケモノは船を追いかけて海に飛び込んだのですが、ひどく不器用なうえに、怒りのあまり度を失っていたので、すぐに水の底へと沈んでいってしまいました。

そこで、船に乗れなかった者たちは団結して、ノアの箱舟の邪魔をしようとしました。何とか転覆させようとしたのですが、うまくいきません。彼らはクジラを仲間に引き入れようとしました。でも、もともと水に適応し、生き残れることが確実なクジラは、子供たちを連れて元気よく泳ぎ去ってゆきました。子供たちに「振り向いちゃだめよ。あいつらアナーキストなんだから」と言いながら。

進む箱舟のまわりでは、泳ぎのうまい人たちがまだついてきていて、それぞれに声をあげていました。死を前にした者同士、結束力が高まったのでしょう、動物も青ざめた人間たちも混ざり合い、危なげに漂い、大きな渦に飲み込まれてゆく小島のようです。

六十歳ぐらいの女が泳いでいました。彼女は生まれて初めて泳いだのです。すぐ近くでは七歳の牝鹿が泳いでいます。たまたま通りかかったカバの背に乗り、三人のユダヤ人が叫んでいます。小舟は、はっきりとした理由もないままに次々と沈んでいきます。洪水が、雨水の大きな手で小舟を下からすくい取り、あっというまにひっくりかえしてしまうからです。

ハチドリがすすり泣いていました。

私は島のとり、

　島がなくなってしまったら、
　どこへ行ったらいいのかしら

「乗せろ！　乗せろ！　俺には十二人も子供がいるんだ」いかだに乗った男が、まだ正義はあると信じ、叫んでいます。

　ノアは手すりから身を乗り出して叫びました。

「落ち着いてください」

「落ち着く？　落ち着くとはどういうことだ」何千もの声が反論します。

　ノアが答えないので、水面を漂う動物たちは、ライオンを出せと要求してきました。ライオンが甲板の手すりの向こうに姿を現しました。あちこちから声があがります。

「話してくれ。理由を教えてくれ。どうして、あなたが助かり、わたしたちはだめなんだ」

　溺れてゆく動物も、船に乗れた動物も、すべての動物の王であるライオンは、悲しげに、それでも確固たる口調で言いました。

「どうしようもないことは、どうしようもない」

「どうしようもないって、どういうことさ！　水のなかまで降りてきて話しなよ。臆病者！」

　怒りのあまり、働き盛りのトラのようになった白ハトが言いました。

「ちょっと、そこに乗っているヘビなんかよりわたしを乗せたほうが良かったんじゃないの！」

「どうしようもないことは、どうしようもないのだ」

　他に言葉が見つからないライオンは内心、恥じ入りながら繰り返しました。

　あんまりといえばあんまりの言い草に、詰め寄った者たちも勢いを失ってしまいました。そういう運命なんだ。四方八方から残酷な手を差し伸べてくる、この暗い水を受け入れるしかないのだ。

　海は長いこと、懇願する者たちであふれていました。船のまわりの者たちが全員死に絶えるまでぐっすり眠れそうもないな、とノアは思い、次の瞬間、自分の考えたことが恥ずかしくなりました。

　最後まで残ったのは、頭から足までがっしりと大きく、沖で箱舟に追いついた泳ぎの名手でした。ノアは思わず耳をふさぎました。男が叫んでいます。「俺のことは心配するな。いつだって何とかなるもんさ。おい、俺は何週間も泳ぎ続けることができるんだ。これまでだって、何とかなった。ちょっとやそっと雨が降ったぐらいじゃ、自分は幸運な人間だという自信も揺らぎやしない。いつだって、上機嫌さ。そんなに狭いところにぎっしり閉じ込められて、おまえらに同情するよ。なあ、自由がいちばんさ」そう言うと男は、別に船に乗りたいわけじゃないと示すように、大きく水を蹴って泳いでいきました。

船のなかでは、動物たちが囁きあっていました。

「うん、あいつなら生き残るべきだと思わないか。生き残る資格がある。ノアの家族なんて、誰をとっても、あの男ほどの体力も知性もないぜ。ハムは泳げないし、ヤペテなんか、この船のなかでは、甲板にいる動物を大きさの順に並べることしか興味がない。そんなことやって、皆を怒らせて何になるっていうんだ。まあ、皆が皆ではないかもしれないが」

翌朝、男がまだ船のあとをついてきていることに気づいても、ノアは大して驚きませんでした。この頑強な水泳の名手をどう扱っていいのかわからず、ノアは、夜中に皆に気づかれないように、男に肉のかたまりを投げてやっていたのです。動物たちも多かれ少なかれ、ノアの真似をしました。こうして、男は生ぬるい水のなかを泳ぎながら、脂肪を蓄えていったのです。

この男を水のなかに一人ぼっちにしておいて、その責任を全部引き受けろというのは、無理な話です。どんなに残酷な神様でも、自分が与えた命にこうまで開けっぴろげに信頼を寄せている人間を前にすれば、つい後ずさりしてしまうことでしょう。

大きなサメが泳ぐ男に近づいてきました。ちょっと見ただけで、大洪水の世界を取り締まる警官の役目をしているのだとわかるサメです。

サメはくるりと振り向き、頭の上についた目で、男のことをしっかり確認しました。そのまま、男のほうには戻らずに、遠ざかってゆきます。

サメが合図をすると、天使が泳ぐ男の頭にそっと杖でふれました。すると、どうでしょう、男の身体が何の痛みもなくまっぷたつに割れ、雄と雌、二頭のネズミイルカに変わったのです。いつでも上機嫌で、ずっと海のなかにいるだけでは飽き足らず、時おり、人間や船の様子を見に寄ってくるネズミイルカは、こうして誕生しました。

地面は、空のように広がる水の下に次々と消えてゆき、ノアは水平線に目を凝らします。ふつう、水兵たちは、前方に島影が見えると、そこを避けようとするのですが、ノアは、前方に山が見えるとそこを目指します。でも、洪水のほうが先に山にたどりつき、船が到着する前に山頂は水のなかへと消えてしまうのです。

それでも、四角い箱舟は、まるで流線形の船のようにぐんぐん進んでゆきました。船のわき腹にしがみついていた者はすべて、ずいぶん前に振り落とされてしまいました。今や、船のまわりに漂っているのは、顔のない苦しみばかり。船のなかでは、魚たちばかり得しているんじゃないかという話が出始めました。

出航から数時間後、ノアはサルが体を掻《か》いているのを目にし、密航者がいることに気づきました。

「動物は、どんなに小さなものでも個別に乗船していなくてはならない。船内に寄生するものは許さん。わかったな?」

犬が言いました。

「わたしと生涯を共にしてきた、かわいそうな二匹のノミも、大目に見てもらえませんかね?」

ノアは動物を一匹ずつ暗室に呼びました。この部屋に入ると、余分なものは明るい光を発し、一瞬のうちに死ぬため、きれいに処分できるのです。

出航してしばらくのあいだ、皆は寿命の短い虫たちを長々と観察して過ごしました。いささか背徳的な好奇心と言わざるを得ないのですが、虫が死ぬのを見ようと待っていたのです。だが翌日、皆は虫たちを祝福することになりました。虫たちはまだちゃんと生きていたからです。

ノアは、船橋《ブリッジ》の上からこの奇跡について語りました。この箱舟は実に巧妙に造られているので、船に乗っている者は皆、病気や死とは無縁でいられるのだと。

だが、ノアの妻はこっそり囁きました。

「だからって、そんなにいばることかね。どうせならもっと大きな船にすればよかったのに。何しろ、甲板でちょっと振り向くにも、あれやこれやの動物二十四ほどに協力してもらわなくてはならないんだからね」

でも、皆、体調がいいことは確かでした。そして、体調がいい証拠を見せたがっていたのです。ヤペテは一日じゅう、片足でぴょんぴょん跳ね続けていても、ちっとも疲れませんでした。彼は、人間のみならず、四本足の動物たちにまで「ほら、君たちもやってごらんよ」と誘いかけるのでした。ノアの娘たちも血がにじむほど、互いをつねりあい、それでも何の痛みも感じないといいます。

船内で何もすることのない動物たちは、食べることばかり考えていました。動物たちは全員、これまでにない空腹感にイライラしていました。皆、配られる食事の量では足りないと思っていました。どうも、ノアは出来るだけ多くの者を乗せようとするあまり、食糧をぎりぎりの量しか積んでいなかったようです。

まず、雑食動物たちが不満を表明しました。何でもかんでも少しずつ食べちゃうぞ、と言い出したのです。少しずつとはいえ、何でもとなれば、いったいどこまで食べられてしまうのか、ノアにも考えが及びません。食糧の問題というより、形而上の問題です。

甲板には、他にもおなかをすかせた動物がたくさんいるのです。最後には、最悪の殺し合いが起こるかもしれません。しかも、こんな狭いところで殺し合いなんて！

身体の大きな動物たちは、物色するような目で他の動物を見るようになっています。うっとりした目で怪しげに見つめるのは、愛情からではありません。それぞれ、好みの部位を見ながら、肉になった姿を思い浮かべているのです。あれが腿肉《ももにく》、あそこがフィレ、あのあたりが腰肉……。

すでに、ライオンは甲板に鼻を押し付け、すぐとなりにいる生《なま》の子羊の美味しそうな匂いを嗅ぐまいとしています。雪のなかで長年暮らし、雪のように純白な心の持ち主であるセント・バーナード犬は、口輪をしてくれと頼みました。通りかかった天使は、他の者への模範となるよう、皆の前ですぐにセント・バーナード犬に口輪をはめました。だが、そんな努力をオオカミが笑い飛ばします。

「飢えっていうのはな、肉を食わなきゃおさまらないんだ。それも、生肉ならば最高だ」

まだ良識を保っているライオンが、口を挟みました。

「おいおい、別に生でなくてもいいだろう」

それでも、オオカミは言います。

「飢えは飢えさ。飢えこそが革命を起こすんだ」

「空腹を忘れるいい方法がありますよ」ほとんど食べなくても生きていられるラクダが、言いました。「材木の端っこを、噛むんです」

今度はヘビが言いました。

「嘔吐物のにおいを必死で思い浮かべるのも、非常に効果的だよ」

でも、オオカミはおさまりません。

「ふん、俺ならゲロでも食ってやらあ。そのぐらい腹が減ってるんだ。皆、俺に食われないように気をつけろよ」

ライオンは、たちどころに動物たちを自分の前に集め、一席ぶちました。

「みなさん、自らの良心を模範とし、冷静を保ちましょう。危機に陥ったトカゲがどうするか、ご存知ですか。しっぽを犠牲にすることで、本体を守るのです。いい教訓です。みなさんのなかにも、体のなかにどこか不要な部分、なくなってもかまわない部分のある者はおりませんか。どうして、リスは体とおなじぐらい大きくて、責めるようにあとを追っかけてくる、あのような尻尾をもっているのでしょう。牝豚は果たして、あれほどたくさんの乳首を必要としているのでしょうか。ゆうに半分ぐらいは余分だと、思ったことはないのでしょうか」

「まったくないね」牝豚が声を上げて答えました。

「良心に聞いてみなさい」

「良心の呵責《かしゃく》もまったくないね」

「このことは、あとでまた考えるとしましょう」

ライオンは、取り乱さずに続けました。

でも、動物たちはみんな思っていました。「私には余分なものなんて何にもないわ。ぴったり必要なものだけでできてるんだもの」

それでも、ライオンは続けます。

「わたくしたちのなかには、一リーヴル（五百グラム）や二リーヴル、とくに必要でもない肉をもっている者がおりますね」

「じゃあ、あんたはなんだってそんなに大きな頭をしてるのさ」

これまでじっと黙っていた大きな熊が、とつぜん口を開きました。

ライオンは反論します。

「あなたがた、ひとりひとりのことを考えるには大きな頭が必要なんです。でも、ここで、皆の先頭にたち、犠牲を払う覚悟があることを示しましょう。大きな動物から小さな動物まで、皆さん全員に、私の一部、この王の名にふさわしいたてがみを差し出します！」

大きな笑いが起こり、ライオンはがっかりしました。「みんな、ひどいじゃないか」ライオンは涙をこらえきれずに言いました。クロコダイルの嘘泣きは有名ですが、どうも、隣にいたクロコダイルが、どこをどうやったのか、ライオンに涙を貸してやったようです。

しかし、ライオンの演説をさえぎるように歓声があがりました。天使たちが食糧の入った籠を携えてやってきたのです。そうです。すべてはいい方に向かっているように思えました。いっこうに止《や》まない雨をのぞいては。

何しろ、二十四時間降り続け、一秒たりとも止むことがないのです。地が、地に住む者たちがしたことは、それほどまでに天を悲しませてしまったのです。この船以外に何ももたないノアが、天空全体を慰めることなどできるのでしょうか。

時おり、闇がすこし明るくなり、このまま天候が落ち着いてくれるのでは、と思わせることもありました。でも、結果なんて気にしていないかのように、雨はさらに勢いを強めるのです。

ついにある日、蒼穹《あおぞら》が、何とか涙のなかで微笑《ほほえ》もうと必死に努力しているかのようにあらわれました。まず、灰色っぽい光が差し、やがてはっきりとした光に変わり、突如、晴天の日に見える美しい色がすべて集まりました。虹です!

それでも、事態は大して変わりませんでした。水位は上がり続けており、まるで、このまま空までたどりつき、空に返礼しようとしているかのようです。

栄《は》えある船長ノアとしては、水面と天空とのあいだがどんどん狭くなってゆくのが心配でなりませんでした。

船のなかでは皆、思っていました。「何とかしなきゃ。とにかく、何とかしなきゃ。でも、どうしたらいいんだろう！」

「落ち着いて！」

ノアは船橋の上から叫びました。

でも、ノアは困っていました。ノアは、神様に自分たちがいかに苦しんでいるかをわかってもらおうと、船の中でいちばん黒いものをこっそり神のもとへと急がせました。カラスです。

カラスは船から飛び立ち、そのまま帰ってきませんでした。

「何でまた、カラスなんて送ったのよ」ノアがカラスを放つのを見ていた妻が言いました。「最初っからだめに決まってるじゃない」

そこで二人は、同時に手を伸ばしました。白いハトです。真っ白で未来を信じきっているハトだからこそ、何世紀も何世紀も現代まで語り継がれることになったのです。

ノアは白ハトをつかまえ、耳のすぐ近くで囁きました。「陸をめざせ。陸だ。陸だぞ」このハトが伝書鳩になってくれればいいな、と思ったのです。

白いハトはまっすぐに飛び立ち、翌日まで帰ってきませんでした。戻ってきたハトは、ノアの広い肩に止まりました。そのくちばしには、のちに語られるようにオリーブの枝がくわえられていたのです。

水が引き始めました。ノアは箱舟を虹の方向へ向けました。何か、陸のようなものが水面から現れるのではないかと期待していたのです。

ついに、ある朝、虹の光にアララテ山が照らし出されました。船が近づいてゆくと、いつもは荒々しく不愉快なはずの山が、満面に陽気な表情を浮かべているのが見えました。山は、箱舟の動物たちにむかって、低くごつごつした声で叫んでいました。

「こっちだこっちだ！　見てくれ、わしは気のいい山だよ。動物くんたち、今まで、いったい何をしてたんだね。しょうがない、動物なしで何とかしようかと思い始めていたところだよ。四つ足の樹木だとか、毛むくじゃらの樹木だとか、そんなもので代用しようかと思っていたところさ」

船を停めると、ノアは、動物たちをつがいごとに渡し板から下船させることにしました。まず、いちばん弱い者からです。ところが、最初に板を渡って陸に下りるはずのカゲロウの夫婦が、そのまま動きません。

ノアが叫びます。

「さあ、飛べ！　ようやく着いたのがわからんのか。ああ、のろまな虫めが、わしを怒らせやがって」

それでも、カゲロウはぴくりとも動きません。ノアは、早々に帽子を脱いで哀悼の意を示しました。船のなかでは寿命のとまっていた虫たちも、陸に着いたら死んでしまったのだと、皆、気がつきました。

「さあ、予備のカゲロウをつれて来い」ノアは、船長として、感情のない声で告げました。

新しいワインを飲んだときのように、大地の匂いが頭につんときたせいで、虫たちはしばらく躊躇していました。それでも、しばらくすると突然、まっすぐに突き進み、無事にアララテ山に着地しました。大歓声がわきあがります。

「さあさあ、静かにして。見世物じゃないんだ。すぐに次の動物を下ろすんだ。一分だって無駄にできないぞ」

牛乳のお椀

Le Bol de lait

顔色は青白いものの意志の強そうな青年が、大きなお椀にあふれんばかりの牛乳を入れて、パリの街を横切ってゆきます。街のはずれに住む母親に届けるためです。母はこの牛乳だけを飲んで暮らしているのです。毎朝、母親は窓から外を見て、牛乳が来るのを待っていました。

母がおなかを空《す》かせているだろうと、青年は急ぎます。でも、いくら母が空腹だとわかっていても、牛乳をひっくり返すのが怖くて、あまり急ぐわけにはいかないのです。お椀の上に息を吹きかけて、落ちた煤《すす》や埃《ほこり》をふちに寄せ、そっと取り除くこともありました。

『おや、今日は遅れてるな。牛乳のお椀が通り過ぎてずいぶんたつのに、まだ商品の陳列が終わってないや』ベリ通りとパンティエーヴル通りの角にある食料品店の主人は、そんなふうに思うことがありました。

お椀の底に残った牛乳を見て、母親は青年に言いました。

「いつも、すまないねえ。今日のは昨日より少ないねえ。かわいそうに、往来で人にぶつかりそうになったんだね」

「もう一杯もってくるよ」

「そんなの無理に決まってるじゃないか」

「うん、そうだね」青年はうつむきました。

牛乳を、びんで運んではいけないのです。いや、誰に禁じられたわけでもないのですが。

部屋に入ると、青年はいつでも、まず、こう言います。「母さん、飲みなよ」これが彼にとっての「おはよう」なのです。「はやく飲みなよ。どんどん蒸発していっちゃうから」そして、一滴もこぼれないように、母が飲んでいる間じゅう、喉仏が上下するのをじっと見ているのです。

毎日、牛乳を飲む母の体力が弱ってゆくのを見て、青年は悲しい気持ちで、『母はもう長くないかもしれない』と思うのでした。

「まったく、このお椀ときたら、立派なもんだねえ。わたしの歳ではちょっと量が多いくらいだよ。私はまだまだ元気だし、調子が悪ければ寝ていればいいんだからね」

母が死んでもうずいぶんになりますが、息子は毎朝、牛乳を運び、そっと煤や埃を取り除いていました。ただし、「母さん、飲みなよ」の言葉は心のなかだけにしまっておきます。それから台所に行き、母を思う気持ちをこめ、お椀の中身をゆっくりと一滴残らず排水口へと流すのです。

人々が道を行き交います。彼らはいつも、きちんとした理由があって、街のある地点から別の地点へと向かっているのでしょうか。

確かに、何人か呼び止めて聞いてみたとしたら、人々は「仕事に行く途中だ」「薬局に行くんだ」などと答えることでしょう。でも、もし、本当に訊ねてみたら、答えられずに困惑する人もいるのではないでしょうか。毎日同じ時刻に、どんな天気の日でも、同じ行為を繰り返さずにはいられない、この可哀想な青年のように。

解説

ジュール・シュペルヴィエルは、一八八四年、ウルグアイ、モンテヴィデオに生まれた。両親はフランス人。その彼が、なぜ、ウルグアイ生まれなのか。それにはまず、彼の伯父、ベルナール・シュペルヴィエルのことから話を始めなければならない。

ベルナール・シュペルヴィエルは一八六二年、十四歳にして、フランスを離れ、南米に旅立つ。やがて、彼はウルグアイでフランス人女性と結婚し、シュペルヴィエル銀行を設立する。そして、一八八〇年、ベルナールは故国フランスにいた二十六歳の弟、ヴィクトール＝ジュール・シュペルヴィエルをウルグアイに呼び寄せた。この弟というのが、詩人シュペルヴィエルの父である。

三年後、ヴィクトール＝ジュール・シュペルヴィエルは、兄嫁の実姉マリー・ムニョと結婚した。夫婦、兄弟、姉妹と、堅い絆で結ばれた両親と伯父夫婦。この四人が、その後の彼の人生に大きな影響を与えることになる。

誕生から八ヶ月後、赤ん坊のジュールは両親に連れられ、初めて祖国フランスの土を踏む。だが、その直後、両親がこの世を去る。水道に鉱毒が混ざっていたため、それを飲んだ両親が、相次いで死んでしまったのだ。残されたジュールは、まず二年間、フランス、バスク地方の祖母の手で育てられ、その後、ウルグアイの伯父夫婦に引き取られる。

伯父夫婦はジュールに実の子と同じように愛情を注ぎ、彼の子供時代は決して不幸なものではなかった。だが、ジュールは、九歳にして、自分が伯父夫婦の本当の子供ではないことを知ったという。十歳のときに伯父夫婦と共にフランスに戻り、フランスで学業を終え、フランス語で書くことを選んだのだが、生涯を通じてウルグアイへの「里帰り」は続く。生みの親と育ての親、ウルグアイとフランス。彼の作品に感じられる複眼的な視点は、こうして生まれたのではないだろうか。南米から見たフランス、死者の世界から見た生者の世界、動物の世界から見た人間の世界。そこには、ひとつの世界に拘泥する人には見えない、もうひとつの世界が広がる。

本書は、一九三一年、シュペルヴィエル四十七歳の時の作品『海に住む少女（*L'enfant*

de la haute mer, Gallimard, 1931)』から全八編、さらに、一九三八年の第二短編集『ノアの箱舟（*L'Arche de Noé, Gallimard, 1938)*』から、表題作および「牛乳のお椀」を収録した。いずれも、シュペルヴィエルらしさを感じさせる作品ばかりだ。以下、いくつかのキーワードを拾い出してみよう。

【少女】

シュペルヴィエルの作品には、子供、とりわけ少女がしばしば登場する。「海に住む少女」「セーヌ河の名なし娘」「バイオリンの声の少女」、さらに「ノアの箱舟」でも洪水の予兆をとらえるのは学校に通う少女だ。共通していえるのは、彼女たちが、実に真剣に自分の置かれた不条理な状況を悲しみ、何とかしようと必死であること。彼女たちはただ可愛らしい存在として描かれるわけではない。

【海】

「海に住む少女」に描かれる、大海原に浮かんでは消える町のイメージは、ウルグアイとフランスを行き来する船旅のなかから誕生したものと思われる。当時、ウルグアイとフランスを行き来する手段は船。「セーヌ河の名なし娘」に描かれる海底の世界、「ノアの箱舟」の船中のようすなど、飛行機が普及した現在からは想像しがたいが、彼にとっては案外身近なものだったのではないだろうか。

【動物たち】

「飼葉桶を囲む牛とロバ」は牛の視点から描かれている。聖書を読むと、イエス誕生についてはほんの数行の記述しかない。イエス誕生時に牛とロバがいたという話は、偽マタイ福音書によるものらしいが、それがどんな牛で、何を考え、どうふるまったかを、ここまで細密に想像して見せたのは、シュペルヴィエルぐらいのものではないだろうか。「ノアの箱舟」にも同じことが言える。シュペルヴィエルには、聖書や神話に題材を得た作品が多いが、いずれも独自の視点で脇役にスポットをあて、既存のイメージとは異なる世界を築いている。

【死後の世界】

「セーヌ河の名なし娘」と「空のふたり」に語られる死後の世界には、独特の死生観が感じられる。物心つく以前に両親を亡くし、自身も病弱だったシュペルヴィエルにとって、死は常に身近にあるものだった。天国でも地獄でもない、中途半端な世界。死は、生の対極にあるものではなく、もっと曖昧で、人間くさいものなのだ。

【悪意】

「ラニ」「競馬の続き」「足跡と沼」では、負の感情が正面から描かれている。醜いラニを受け入れる自然はあくまでもやさしく美しい。だが、その自然さえ、ラニの苦悩を消し去ることはできない。シュペルヴィエルの描く人間の残忍さや傲慢さには、常に悲しみや苦しみが同居している。勧善懲悪では終わらない、もがき苦しむ「悪」なのである。

【孤独】

「牛乳のお椀」の意味を失った行為を繰り返す青年は、冒頭の作品「海に住む少女」と似ている。何の答えが返ってくるわけでもない。何らかの結果が生まれるわけでもない。それでも、ひとりぼっちになってしまった者は、そこにすがるしかないのである。誰もいない大海原に一人きりの少女と、大都会パリで暮らす青年は、同じ孤独を抱えているのだ。

こうして見てくると、シュペルヴィエルの描く世界は、実に普遍的なものであることがわかる。時代が変わっても、国が違っても、ひとの寂しさというのは変わらないものなのだ。

最後に、本文庫で初めてシュペルヴィエルに出会った読者のために、彼の主な作品および邦訳についてふれておく。

まず、彼の〝本業〟である詩作品であるが、一九二二年に詩集『船着場』でデビューして以降、『重力』『無実の囚人』『未知の友』などが刊行されており、堀口大學、中村眞一郎、飯島耕一、安藤元雄による翻訳がある。

また、長編小説四冊、戯曲三編が発表されているが、なかでも注目すべきは「ひとさらい」（河出書房新社『澁澤龍彥翻訳全集十二巻』所収）だろう。不幸な子供をみつけると自分の家にさらってきて育てるという、変わり者の男が主人公。ちょっとばかり強引な私設児童保護施設ともいえる彼の家を舞台に、子供たちと男の奇妙な共同生活が描かれている。

さらに短編集として、『海に住む少女』を筆頭に『ノアの箱舟』『善意爆弾』『世界の最初の歩み』などがある。ここに完訳した短編集『海に住む少女』ひとつとっても、堀口大學訳『沖の小娘』(第一書房『ノアの方舟』に一部所収、青銅社『沖の小娘』、小沢書店『シュペルヴィエル抄』所収)、嶋岡晨訳「沖に住む少女」(早川書房『ノアの方舟』所収)、三野博司訳『沖の少女』(社会思想社)があり、さらに一部の作品は、窪田般彌訳『フランス幻想小説傑作集』(白水社)、綱島寿秀訳『海の上の少女』(みすず書房)などにも収められている。

これだけ、多数の訳が存在するということは、シュペルヴィエルがそれだけ人々に愛される作家であるからに他ならず、また、既訳書の多くが入手困難状態になっている現況は、この作家がセンセーショナルなものばかりを求める現代の風潮と相容れない、孤高のひとであることを示しているように思えてならない。

ジュール・シュペルヴィエル年譜

一八八四年一月一六日
モンテヴィデオ（ウルグアイ）に生まれる。両親はフランス人。父は、ウルグアイで兄と共にシュペルヴィエル銀行を経営。生後八ヶ月のとき、父母に連れられてフランスに一時帰国。このとき、相次いで両親が死去。ジュールは祖母に引き取られる。

一八八六年　二歳
ウルグアイの伯父夫婦に引き取られる。

一八九三年　九歳
伯父夫婦が自分の本当の親ではないことを知る。この頃より、童話を書き始める。

一八九四年　一〇歳
伯父夫婦とともにフランスに戻る。以降、生活の場はパリとなるが、夏期休暇などを利用し、ウルグアイをたびたび訪れる。

一九〇六年　二二歳
モンテヴィデオでピラール・サアベドラと結婚。以降、ピラールとの間には六人の子供が生まれる。

一九二二年　三八歳

詩集『船着場』刊行。

一九二三年　三九歳

小説『パンパの男』刊行。

一九二五年　四一歳

代表作となる詩集『重力』刊行。

一九三一年　四七歳

短編集『海に住む少女』刊行。

この頃より、評論、戯曲など様々な分野に活動を広げる。

一九三八年　五四歳

短編集『ノアの箱舟』刊行。

一九三九年　五五歳

ウルグアイ滞在中に第二次世界大戦の戦況が悪化、子供たちをフランスに残したまま、帰国できなくなる。

一九四〇年　五六歳

シュペルヴィエル銀行（ウルグアイ）が倒産。以降、ウルグアイで翻訳やフランス現代詩についての講義を行う。

一九四六年　六二歳

フランスに戻る。

一九五一年　六七歳

自叙伝『源泉を飲む』刊行。

一九六〇年　七六歳

詩王（プランス・デ・ポエット）の称号を受ける。五月一七日パリのアパルトマンで死去。父母の眠るオロロン・サント・マリーに埋葬される。

訳者あとがき

シュペルヴィエルの魅力を説明するのは難しい。いちど、彼の作品を読んだことのない人にその魅力を説明しようとして、苦しまぎれに「フランス版宮沢賢治」という言葉を使ったことがある。つまり、「詩人で」「童話や小説も書き」「だが、その童話も必ずしも子供むけとは言えず」「文豪と並び称される大作家ではないが」「みなに愛される作品を残している」。

すでに、彼の作品を読んだ人に対しては、こんな御託を並べる必要もないだろう。ちなみに訳者は高校生のときに、堀口大學訳で彼の詩に出会った。そのときの教室の空気、朗読した友の声や、添えられていた馬のイラストまで鮮明に覚えている。拙訳であるが、彼の代表作でもある「動き」を、詩集『重力』から引用してみよう。

動き

ふりかえった馬は　これまで
誰も見たことのないものを見た
そして、再び草を食べ始めた
ユーカリの木のしたで

それは人でも樹木でもなく
牝馬でもない
木の葉をゆらしていた風の
なごりでもない

それは　二万世紀も前に
別の馬が見たもの
今日と同じこの時刻に

とつぜん振り向いて目にしたもの
人も馬も　魚も虫も　このさき誰も
この大地がいつの日か
腕もない　足もない　頭もない
彫像の残骸に成り果てるそのときまで
もう二度と見ることのないもの

馬はそこに何を見たのか。読者はそこに何を見るのか。誰もいない町で暮らす少女や、イエスのために尽くす牛が、わたしたちに何を伝えようとしているのか。はっきりと言及されていなくても、そこには「何か」がある。そして、また無理に言葉を重ねれば重ねるほど、その「何か」から遠ざかっていってしまうのだ。シュペルヴィエルを訳しているあいだ、何だか自分が透き通ってゆくような不思議な感覚を覚えた。悲しみでも苦しみでもない、切ない気持ちで胸がいっぱいになり、ふと涙がこぼれそうになるのだ。たとえ、一瞬であっても、読者とそんな思いを分かち合うことができれば、訳者としてこれ以上の幸せはない。

なお、今回の翻訳にあたって、諸先輩のアドバイスを仰ぐべく、《解説》で挙げた訳書を参考にさせていただいた。この場を借りてお礼を申し上げたい。

永田千奈

二〇〇六年六月

kobunsha classics

光文社古典新訳文庫

海《うみ》に住《す》む少女《しょうじょ》

著者　シュペルヴィエル

訳者　永田《ながた》千奈《ちな》

2006年10月20日　初版第1刷発行
2015年6月10日　第4刷発行

発行者　駒井 稔
印刷　堀内印刷
製本　ナショナル製本

発行所　株式会社光文社
〒112-8011東京都文京区音羽1-16-6
電話　03（5395）8162（編集部）
03（5395）8116（書籍販売部）
03（5395）8125（業務部）
www.kobunsha.com

落丁本・乱丁本は業務部へご連絡くだされば、お取り替えいたします。
ISBN978-4-334-75111-1 Printed in Japan

いま、息をしている言葉で、もういちど古典を

長い年月をかけて世界中で読み継がれてきたのが古典です。奥の深い味わいある作品ばかりがそろっており、この「古典の森」に分け入ることは人生のもっとも大きな喜びであることに異論のある人はいないはずです。しかしながら、こんなに豊饒で魅力に満ちた古典を、なぜわたしたちはこれほどまで疎んじてきたのでしょうか。

ひとつには古臭い教養主義からの逃走だったのかもしれません。真面目に文学や思想を論じることは、ある種の権威化であるという思いから、その呪縛から逃れるために、教養そのものを否定しすぎてしまったのではないでしょうか。

いま、時代は大きな転換期を迎えています。まれに見るスピードで歴史が動いていくのを多くの人々が実感していると思います。

こんな時わたしたちを支え、導いてくれるものが古典なのです。「いま、息をしている言葉で」――光文社の古典新訳文庫は、さまよえる現代人の心の奥底まで届くような言葉で、古典を現代に蘇らせることを意図して創刊されました。気取らず、自由に、心の赴くままに、気軽に手に取って楽しめる古典作品を、新訳という光のもとに読者に届けていくこと。それがこの文庫の使命だとわたしたちは考えています。

このシリーズについてのご意見、ご感想、ご要望をハガキ、手紙、メール等で翻訳編集部までお寄せください。今後の企画の参考にさせていただきます。
メール　info@kotensinyaku.jp